新潮文庫

てんげんつう

畠中恵著

新潮社版

11460

目次

てんげんつう

てんぐさらい

序

ずっと昔、まだ宣教師達が日《ひ》の本《もと》にいた頃のことだ。彼らは人を愛《いと》おしみ大切に思う気持ちを、〝御大切《ごたいせつ》〟と言っていたという。

バテレンの話が絡《から》むことだから、今のお江戸で、その話が語られることはない。しかし長崎屋《ながさきや》の若だんなは、縁《ゆかり》の化《ば》け狐《ぎつね》達から、御大切の話を耳にしたことがあった。長崎屋は人ならぬ者達、長命で時を渡っていく妖《あやかし》達と、縁《えん》が深いのだ。

（慈悲の心、という言葉が近いのかな？　親心という方が、合っているんだろうか）

若だんなは昼下がり、離れの縁側で、湯飲みを手にしつつ考えていた。若だんなにとって、兄《にい》や達は御大切な相手だと思うが、親心を持っているかというと、少し違う気がする。妖達や、親、中屋《なかや》の於《お》りんのこととて大事に思っているが、その気持ちをどう言い表したものか、確かな言葉が見つからないのだ。

（御大切とは、相手をとても大切に思う心かな？）

だけど、誰かを御大切に思っているのに、時に気持ちがすれ違うことは、あったりする。情を向けても、相手から否《いな》と言われることも、あり得ると思う。

「きゅんわ？　若だんな？」

膝《ひざ》の上に登ってきた小鬼の鳴家《やなり》が、思いにふける若だんなを見て、首を傾《かし》げている。

長崎屋の離れは今日も暖かい。小鬼達が大勢ひなたぼっこをしつつ、大福《だいふく》を食べているのを見ていると、ほっとした気持ちが満ちてくる。

（だけど）

小鬼達の頭を撫《な》でながら、若だんなは庭へ目を向けた。

毎日、精一杯暮らしているのに、時々、胸が締め付けられるほど思いに駆られることが、確かにあるのだ。

気持ちが届いていないような。

こうして小鬼がいてくれる時でも、一人きりになってしまっているような。

誰かを寂しいままにしてしまっているような焦《あせ》り。若だんなはここ暫《しばら》く、そんな考えに取り付かれてしまっている。

「於りんちゃんのことが、あるからかしら」

思わず息を漏らすと、小鬼が「きゅい」と鳴いた。そして小さな暖かい手が、若だんなの頬を撫でた。

1

江戸でも繁華な通りにある大店《おおだな》、長崎屋の若だんなは、どうして己《おのれ》は今日も寝込んでいるのかと、悩んでいた。

先月、熱を出しはしたものの、若だんなにしては珍しく、直《す》ぐに熱は引いたのだ。ところがその後、また寝付くことになった。最初に熱を出してから、既に二月経《た》っているのに、若だんなはまだ床の内にいるのだ。

「いつもの風邪なのに。何でこんなことに、なったんだろ」

風邪をひいた二日目のこと。たまたま高熱が出たものだから、母のおたえが心配で泣き出し、長崎屋の稲荷《いなり》に巣くう守狐《もりぎつね》達が、慌《あわ》てた。先代の妻おぎんが人でない者、齢《よわい》三千年の大妖皮衣《たいようかわごろも》であったため、長崎屋にはおたえを守る妖達も多くいるのだ。

どうもあの日の騒ぎが、ことの始まりだったと、若だんなには思えてくる。あの頃から、ただの風邪は、若だんなが思いもしなかったものへ化けてしまったのだ。

「何でこんなことに……」

離れで、横になった若だんなが溜息《ためいき》を漏らすと、猫又《ねこまた》のおしろが手ぬぐいを絞り直し、額に載せてきた。付喪《つくも》神《がみ》の屏風《びょうぶ》のぞきや小鬼の鳴家達が、寝床の横に座り、部屋に積まれたものへ目を向ける。

「たっくさん、薬が集まっちまったな。若だんな、これ全部飲むの大変だぞ」

おたえを守っている守狐達は、茶枳尼天《だきにてん》に仕えている祖母おぎんにまで、若だんなの病を知らせてしまった。すると多くの妖へも、噂《うわさ》は広まったのだ。

最近は突然、見たことも無い薬が、長崎屋へ舞い込んでくる。方々の妖達が競うように、薬を江戸まで送ってくれるからだ。

おしろが笑いだした。

「去年も、一昨年《おととし》も……何度か薬の山、見ている気がしますが。今回は多いですね」

守狐達によると、茶枳尼天の庭にいたおぎんの同輩仙狐《せんこ》が、薬を増やしてしまったらしい。わざとなのか、仙狐は、おぎんが顔を顰《しか》めることをした。若だんなの病を耳にすると、日の本中の妖へ、良い薬がないか問い合わせをしたのだ。

しかも勝手に、おぎんの名を使っていた。

「あたし、聞いたんですよ。去年からずっと皮衣さんが……いえ、今はおぎんさんと名乗ってるんでしたっけ？　とにかく、若だんなへ送る薬を探し続けてるって」

この世には神薬と呼ばれるものがあり、おぎんは赤い丸薬を求めているという。ただ仙狐が知る限りでは、そんな薬は、人の住む町で売ってはいない筈《はず》だ。

だから仙狐はおぎんの名を使って、薬を集めて、あ、げ、た、のだと言った。そうして妖達に迷惑を掛けまくっているのだから、一太郎《いちたろう》の病も、治るかもしれないという。

「たった一人のお孫さんなんでしょ？　可愛《かわい》いですよねえ。感謝してね」

だが。仙狐は赤い唇の端を引き上げた。

「でも皮衣様、偉いからって、自分の身内のために、妖をこき使っちゃ駄目よ」

そう釘《くぎ》を刺し、仙狐は嫌みっぽく笑った。

「弱い孫を持つと、おぎんさんも大変ね」

神の庭で、仙狐の言葉を聞いていたおぎんが、まず、きっぱり言い切った。

「あら、わたし、ちっとも偉くなんかないわ」

そしておぎんは気合いを入れると、仙狐の頬を、思いっきり引っぱたいたのだ。

「ぎゃーっ、何すんのよっ」

「知れたこと。仙狐から喧嘩《けんか》を売られたんで、買ったのよっ」

齢三千年、大妖と言われている皮衣は、今も、欠片《かけら》も大人しくはない。まあ、仙狐も同様だったから、その日荼枳尼天は久方ぶりに、妖狐《ようこ》達の大喧嘩を目にすることになった。

　そして、そのおかげで長崎屋の離れには今、西から東から、山と薬が届いているわけだ。

「大百足《おおむかで》の三番目の眼。蜃気楼《しんきろう》で降る夜の雨。沼の主のひげ。いやぁ、今回来た薬は、奇妙なもんばっかだな」

　屏風のぞきが感心している。しかし、その数多《あまた》の薬ゆえに、若だんなの病は、終わりを迎えることが出来なくなっているのだ。

　薬をくれた妖達は、己達の薬を飲んで、若だんなが治ったという一報を、心待ちにしているという。よって若だんなは、どの薬も素直に飲んだ。熱は、五服目か六服目を飲んだとき、確かに一度下がったのだ。

　ところが。

「妖の濃い薬を、飲み過ぎたせいかね、胃の腑《ふ》がやられちまったな」

　屏風のぞきが溜息をつく。若だんなは食べられなくなり、薬も飲めなくなった。するとまた熱が上がり、寝込んでしまったわけだ。

「でもさ、おばあ様が苦労……というか、喧嘩までして、送って下さった薬なんでしょ？　飲まない訳にはいかないもの」

「熱を下げ、胃の腑の痛みも癒《い》やす薬は、この中にないのかね？」

「それが分かったら、わたしが真っ先に若だんなへ飲ませているよ」

その時、表の廊下から声がして、店にいた兄や達が離れへ戻ってきた。仁吉《にきち》は、まず若だんなの具合を確かめると、厳しい顔つきとなって、次の薬湯の用意を始める。

「おぎん様が下さった薬は、確かに良薬なんです。きっと今度こそ、若だんなの体に合って、良くなるに違いないですから」

若だんなは頷《うなず》いたが、溜息もこぼれでる。佐助《さすけ》が床の横に座り、優しく声を掛けてきた。

「若だんな、中屋の於りんさんから、文が来てましたよ。ちょいと珍しいですね。いつもは離れへ直《じか》に、遊びに来るのに」

於りんは若だんなの許嫁《いいなずけ》で、深川《ふかがわ》にある中屋という材木問屋の娘だ。小さい頃から鳴家と遊んでいた上、まだ禿頭《かむろ》の年頃の為《ため》か、今でも長崎屋の妖達と話をし、それを不思議とも思っていない様子であった。

そしてそんな風だから、若だんなの嫁御に向いていると、長崎屋の妖達から気に入られているのだ。

「きゅい、於りんちゃんと遊ぶ」

鳴家達がさっそく、文の上に集まった。

「こほっ、文、どこ？　読みたい」

「若だんな、後でこの佐助が読みあげます。腕を布団《ふとん》の外へ出さないでください。熱が上がりますよ」

「これから妙薬を飲むんだもの。大丈夫だよ」

仁吉によると、今回煎《せん》じたのは、禰々子《ねねこ》河童《かっぱ》が寄越した河童薬であった。

「河童の薬は高名です。期待できますね」

盆に載せてくれた薬湯を差し出しつつ、仁吉が言う。ところが若だんなは、その薬を飲むことができなかった。庭に面した障子戸が突然大きく開いたと思ったら、強い風が寝間《ねま》を吹き抜けていったからだ。

「きょんげーっ」

薬湯の載った盆や、布団に載っていた小鬼達が風で飛び、悲鳴と共に部屋から消えた。於りんの文を摑《つか》んでいた鳴家など、風を文に受け、凧《たこ》のように空へと舞い上がってしまったのだ。

若だんなが小鬼の後を追おうと起き上がり、慌てて止めたおしろが、代わりに廊下へ走り出る。

しかし兄や達は、庭へ厳しい眼差《まなざ》しを向け、離れを動かなかった。風と共に、見慣れない姿の一団が、長崎屋の庭へ現れたからだ。

「おや、天狗《てんぐ》だ」

若だんなの横で、屏風のぞきが目を見張った。それは日頃長崎屋の離れとは縁の薄い、山伏《やまぶし》姿の大男達であった。背には羽が生えており、赤ら顔の上、鼻が妙に高い。

五人の天狗達は、珍しくもその真ん中に、若い天狗の娘を一人連れていた。格好は他の天狗と似ているが、赤い袴《はかま》をはいている。人の歳《とし》でいうと、十六、七くらいに見え、なかなか可愛らしかった。

天狗達の中で、何故《なぜ》か赤い顔をして口をひらいたのは、その娘天狗であった。

「ああ、まっ昼間から寝付いている、人の若者を見つけたわ。じゃあここが妙薬を探しているっていう、長崎屋の離れなのね」

娘天狗が花風《はなかぜ》と名乗ると、横から天狗が、天狗姫なのだと付け足した。つまり身分の高い姫様の来訪なので、風を起こし、天狗の力を示した登場となったらしい。

「天狗姫、無茶をしては困ります」

仁吉の顔つきが、いつになく厳しいのは、妙薬が一服、駄目になってしまったからだ。

「今度こそ若だんなの病が癒える、濃い一服が出来ましたのに。本当に惜しいことをした」

すると天狗姫は仁吉へ、心配は要らないと言い出した。そしてまん丸で赤い、三粒の小さな玉を見せてきたのだ。

「これは神薬で、正真正銘、なかなか手に入らない品なの。正直に言うと、他の天狗薬よりぐっと凄《すご》い一品なんです」

そう言うと天狗姫は、薬について語り始めた。赤い粒は、大穴牟遅神《おおなむちのかみ》様と、少名毘《すくなび》古那神《こなのかみ》様が、持っていたものだという。

「二柱《ふたはしら》は薬祖神、医薬を広めた方々だわ」

大穴牟遅神は大国主命《おおくにぬしのみこと》の別名で、長崎屋の妖達とも顔見知りのお方だ。名を知った神の話が出たので、若だんなは思わず、天狗姫の話に聞き入った。

「京の薬師院《やくしいん》へ現れた時、二柱は境内に薬をたっくさん落としちゃったの。何でそれを、あたし達天狗が持っているかというと……そもそも二柱が薬を落としたのは、天狗のせいだったのよ」

天狗達はあの日も今日と同じく、団扇《うちわ》で大風を起こしてから薬師院に現れた。そのとき二柱が丁度、境内にいたのだ。

少名毘古那神が持っていた薬壺《くすりつぼ》の中身が、風で盛大に飛び散ってしまい、天狗達は薬祖神二柱に叱《しか》られた。慌てて皆で、神薬を拾い集めることになったのだ。

「でもね、この薬、小さいでしょ。直ぐに全部は見つからなかった」

薬祖神達は仕方なく、残った七粒の薬は、拾った者が運試しに飲めばいいと言って、境内を離れたという。後で天狗が一粒拾ったというと、長崎屋の妖達が頷いた。

「それが上方に、神薬があった事情か」

一粒しかなかったので、天狗は誰も飲んだことがない。しかし薬祖神二柱が持っていた薬なのだから、薬効は確かだと花風は言った。途端、仁吉の不機嫌が治る。

「おおっ、そんな神薬を持ってきて下さったのか。天狗方に感謝です」

仁吉が、薬を確かめようと手を伸ばし……しかし途中で止めた。花風の手のひらには、三粒の玉薬が載っていたからだ。

「天狗姫、今の今、天狗が手に入れた神薬は、一粒だったと言わなかったか？」

花風が、大きく頷く。

「ええ、その時は境内で、一粒だけしか見つけられなかったの。江戸の初めの頃だった」

そして長い時を経た先日、齢三千年の大妖皮衣が、孫のために薬を求めていると、花風達天狗は妖狐達から聞いた。その時天狗姫は直ぐ、一族が持つ妙薬を思い出したという。

「きっとこの薬なら、江戸の長崎屋にいるという孫君も、治るに違いないんです」

天狗達はまず、荼枳尼天様の庭へ顔を見せると、おぎんと会った。そして神薬を見せ、差し上げると言ったところ、大層喜ばれた。

ただ。

「天狗の宝ともいうべき薬を、おぎん様に差し出すのです。だから我ら天狗の願いも、叶《かな》えて欲しいと言いました」

正直に言えば天狗達は、この神薬ばかりは余所《よそ》へ渡したくなかったのだ。よって天狗の一人は涙を流さんばかりの顔で、おぎんへ訴えた。

「しかし、です。我らが大切な姫様の願いを叶える為とあらば、天狗の宝とて、渡さねばなりません。この気持ち、お察し下さい」

一番若手に見える天狗が、本当は神の庭へ来たくなかったと言い、辛《つら》そうに顔を背ける。年かさの天狗が渋い顔で止《や》めろと言ったが、その後二人は、抱き合うようにして泣き出してしまったという。

「それゆえか、おぎん様は天狗の願いを真剣に、聞いてくださいました」

若だんな達は目を丸くした。

「姫の願い、ですか」

若だんなが首を傾げると、花風は縁側の向こうで、ぽっと頬を染めた。そして、花風のことを覚えてはいないかと問い、仁吉を見つめたのだ。

「以前、おぎん様と一緒におられた仁吉さんを、あたし、お見かけしたことがあるんです。実は、そのとき心をさらわれました」

神薬を境内で手にした、直ぐ後の話だという。つまり天狗姫は二百年もの間、仁吉に惚《ほ》れ続けていると言ったのだ。

「それで今回、仁吉さんと添いたいと、おぎん様へお願いしました。おぎん様から仁吉さんへ、縁談を勧めて欲しいって頼んだんです」

「きゅべ？　花風さん、仁吉さんのお嫁さんになるの？　長崎屋で暮らすの？」

長崎屋の面々は、いきなりの話に、揃《そろ》って魂消《たまげ》た。若だんなはしばし、妖狐とか神薬とか、この世の話ではないものの話に浸っていた。だが長崎屋への嫁入りと聞き、不意に、お江戸へ帰ってきた心地がしていた。

2

もっとも長崎屋の離れに、仁吉が一目惚れされたと聞いて、驚いた者はいなかった。仁吉は涼やかな面の男で、長崎屋の手代《てだい》になってからも、それはそれは、おなごから好かれているからだ。付け文も縁談も山と来ており、当人も周りも、そのことにすっかり慣れていた。

ただ相手が妖というのは、久しく聞かなかったと、屏風のぞきは腕組みをする。妖なら、相手の力を察するゆえだ。

「仁吉さんは白沢《はくたく》、そりゃあ力の強い神獣だ。並の相手だと、腰が引けるからな」

妖が持っている力は差が大きい。それは生まれの差よりも、超えにくいものかもしれなかった。大男の天狗は、うなずくと、話し始める。

「天狗の姫様だ。花風様ならば、仁吉殿と不釣り合いではなかろう。我らはそう信じておる」

しかしおぎんは、諾《だく》と言わなかったらしい。自分は仁吉の親ではないので、勝手に縁談など決められないと、返事をしたのだ。

「だが我ら天狗は、頭が良い。そういう返事もあろうかと、既に話し合っておってな」

それで天狗達はおぎんへ、ある勝負を申し込んだという。おぎんが病弱な孫のために、薬を欲しがっているのは確かであった。

「薬祖神はかつて七粒、神薬を境内へ残した。だからおぎん様と花風様で残りの薬を集め、数が多かった方を、勝ちと決めてはどうか。そう持ちかけたのだ」

ただ七つの神薬の内一つは、既に天狗が手にしている。おぎんが勝つ為には、天狗より多い、四つの神薬を集めねばならないわけだ。

「しかし、おぎん様は大妖、それしきの差は、気にされまい。もしおぎん様が勝てば、天狗が集めた神薬も全《すべ》て、差し上げよう。飲めばきっと若だんなは、体が良くなるに違いない」

そして花風が勝った場合だが。

「仁吉さんに、花風と夫婦《めおと》になるよう、おぎん様が命じて欲しい。それが嫁取りを賭《か》けた勝負を行う、条件だと言ったのだ」

「えええっ、何でそんな話になるの？　どうして仁吉との縁を得るのに、おばあ様を頼るの？」

魂消た顔で、言葉も返さない仁吉に代わり、若だんなが問う。すると天狗姫は落ち着いた顔で、言葉を返してきた。

「上方で出会った時、実は仁吉さん、あたしのことなんか見もしなかった。ずっと、おぎん様の言うことばかり聞いてたの」

そんな風だから、真正面から恋を語っても、仁吉は多分、花風を嫁にはしてくれない。ならば。

「おぎん様に、このご縁を取り持って頂こうと考えたわけです。おぎん様が命じることであれば、仁吉さんはきっと承知するもの」

多分、理不尽な命であっても、だ。

「おや、それは確かだね。頭がいいな」

佐助が感心した様子で言う。花風は、必死に言葉を継いだ。

「勝手なことを言うと、仁吉さんは思ってますよね。でも、おぎん様が薬を届けたい相手が、長崎屋にいる孫だと聞いた時、あたし、びっくりしたんです」

おぎんには好いた相手が他にいるのだ。もう子や孫だっている。

「なら遠慮は必要ないと思った。仁吉さんのこと、あたし、好きなんだもの」

花風は良い天狗姫だから、きっと似合いの夫婦になれる。添えば、互いに相手のことが見えてきて、ちゃんと仲良くなれると言ったのだ。

屛風のぞきが、天狗姫にこう問うた。

「じゃあおぎん様が、もし、天狗姫との勝負をやると言ったら、仁吉さんは巻き込まれるわけだな。姫が勝ったら、本当に婚礼をするのかいな」

仁吉自身が加わっていない争いで、嫁が決まってしまうというのは、どう考えても奇妙この上ない。妖は首を傾げている。

「おぎん様は承知するかねえ、そんな勝負」

するとここで若だんなが、ひときわ厳しい表情になった。そして、これから勝負を始めるという話にはならないと、屛風のぞきに言い切った。

「だってさ、ご覧よ。花風さんの手には、既に三つ、神薬が載っているんだ」

「へっ？」

「神薬集めの勝負、これから始まるんじゃない。とうに行われてると思う」

「きょんげーっ？」

ただ、四つ集めれば勝つという神薬が、目の前には三つしかない。天狗達が勝ったようには思えないが、何故だか神薬を仁吉へ見せに来ている。若だんなには訳が分からなかった。

「でもね、京都の薬師院で神薬を探していた天狗方が、わざわざ江戸まで来たんだ。一区切りついてるってことじゃないのかな」

すると大天狗の一人が、大きく頷いた。

「さすがはおぎん様の孫君、聡明《そうめい》でおいでだ。はっきり言いましょう。おぎん様は去年、勝負を受けたのです。そして、神薬が撒《ま》かれた京を中心に、一年の長きに渡って神薬探しが行われました」

「えっ、一年前から始まっていたのか。先《せん》の月に揉《も》めた、仙狐殿は関係なかったんだな」

佐助が両の眉《まゆ》を顰《ひそ》めた。

「そういえば去年も、若だんなは寝付いていましたっけ」

そして先年もおぎんは、薬を送ってくれていた。何しろ若だんなは、毎年、毎月、寝付いているのだ。

若だんなは試しに兄やへ、一年も前に始まった勝負について、おぎんから聞いていたかと問うた。仁吉が黒目を針のように細くし、首を横に振っている。

「ありゃりゃ」

天狗達は話を続けた。

「しかし、勝負は半端《はんぱ》なことになりました。互いに二つずつ見つけた後、神薬は半年以上、何としても見つからないでいるのです。京から出て、西国中調べたのになかった」

粒の小さな丸薬なので、もしかしたら鳥や獣が、木の実と間違え食べてしまったかもしれない。水に落ち、溶けて消えた薬があっても驚かない。残りの二粒は、この世から消えてしまったかもしれないのだ。

それで天狗姫は一年経たとき、おぎんと会って、勝ち負けをどうするか話をした。するとおぎんは天狗へ文を預け、江戸へ行き、仁吉へ渡すよう言ったのだ。

「後は、仁吉さんが決めるとのことでした」

天狗はおぎんからの文を、仁吉へ差し出した。ここで花風が、真っ直ぐに仁吉を見つめ、訴える。

「今、おぎん様が二つ、天狗が三つ、神薬を持っています」

だから、つまり。

「仁吉さん、あたしの勝ちを認めて、お嫁さんにして下さいな。薬は差し上げますから」

強引な話だと思うだろうが、ちゃんと良き嫁になる。本気で考えて欲しい。天狗姫は真剣な顔で向き合ってきた。

仁吉はすっと手を伸ばすと、おぎんからの文を受け取った。そして、大きく息を吐き出し、眉根に深い皺《しわ》を寄せる。

「全くあの方ときたら、いつも、いつも、いつも、この仁吉を困らせて」

千年困らせ続けて、まだ足りないというのか。兄やの低い声が続き、辺りが静まる。

自分が何かやらかした訳でもないのに、若だんなは座っていた床で、思わず首をすくめてしまった。

「きゅわわわーっ」

この時、静まりかえっていた長崎屋の庭に、小鬼の高い声が響いた。若だんながさっと木戸の方へ目を向けると、猫又のおしろが尾で、戸を開けているところであった。手には、二匹の鳴家達を抱えている。どちらもずぶ濡《ぬ》れで、かんかんに怒っていた。

「鳴家、溺《おぼ》れそうになった。悪い風が吹いたんで、溺れかけた」

小鬼達はすっ飛んだあげく、どうやら近くの堀に落ちたらしい。おしろが無事拾い上げてくれて、若だんなは胸をなで下ろした。しかし無事でなかったものも、あったのだ。

「於りんちゃんの手紙も、溺れたの。助けたけど、破けたの。ぎゅい、流れちゃったっ」

　鳴家達は、小さな紙の端を握りしめていた。

「きゅわーっ、これじゃ於りんちゃん、遊びに来てくれないっ」

　するとこの時、天狗達が顔を顰めた。姫と仁吉が大事な話をしているのだから、小鬼は黙っていろと言ったのだ。天狗の団扇を見て、小鬼達の態度は決まった。

「きょべーっ、悪い風吹かせたの、天狗だっ。悪い奴《やつ》、悪い天狗っ」

　おしろが手ぬぐいで拭《ふ》いている間にも、小鬼達が、大きな天狗へ戦いを挑もうとするものだから、若だんなが慌てて止める。すると、その騒ぎの間に、おぎんからの文へ目を通していた仁吉が、ふっと息を吐き、天狗達の方へ顔を向けた。

「おぎん様の意向が、分かりました。天狗方、あの方は……まだ勝負が終わったとは、考えていないようです」

「は？」

「先に、四粒の神薬を集めた方が勝つ。天狗方との約束を、守るおつもりのようだ」

「でも……あと二つの神薬は、上方で見つからなかったんですよ」

天狗姫が口元を尖《とが》らせると、仁吉はおぎんからの文を畳に置き、皆へ見せた。おぎんは仁吉へ、残りの二つの神薬は、西にはないと言い切っていた。おぎんも細かく調べたのだ。

「ならば、東にあるに違いない。おぎん様はそう書いてきてます」

箱根より東まで調べてはいないのだ。

〝だから、直ぐに嫁を取る気がないのなら、あと二つは江戸にいる仁吉が、天狗より先に集めてね。天狗達は大勢で薬を探していたから、仁吉に仲間がいても構わないでしょう。長崎屋の妖達に、力を貸してもらうといいわ〟

熱が下がってきたら、若だんなもきっと探してくれるだろう。おぎんは明るい筆遣いで、そう文を結んでいた。

「お、おやまぁ」

長崎屋の皆は、いつの間にか自分達も勝負に加わっていたと知り、また魂消た。すると、ここで鳴家達が立ち上がり、力強く、仁吉の味方になると言い出した。

「きゅい、鳴家を堀川へ落とした天狗、悪い奴。鳴家は天狗の嫁さん、要らない」

「お前のお嫁になるんじゃないわ」

天狗姫が釘を刺したが、小鬼達は何匹も並び、天狗へぎゅわぎゅわ吠《ほ》えている。若だんなはここで、仁吉へ申し訳なさそうに言った。

「私も、兄やを助けるよ。けど先に、中屋の様子を見に行かなきゃならないんだ。だから、少し待ってね」

「いや、まだ勝負をするとは、言ってないんですが」

すると噺家《はなしか》になっている妖、場久《ばきゅう》が顔を見せてくる。

「若だんな、丁度寄席《よせ》へ行く用があるので、深川へはあたしが行きますよ。若だんなは、寝ていて下さい」

ただ、天狗はすんなり、おぎんの考えを受け入れなかった。

「お主ら、勝手だぞ。我らが姫様は、勝負は終わったと言われておる。何で江戸でもう一度、神薬集めを始めるのだ？」

屛風のぞきが吠えた。

「落ちた神薬は、まだ全部集まってないじゃないか。仕方なかろ。天狗に都合の良いよう狡《ずる》いことをすると、後で天狗姫さんが困ることになるぞ」

曰《いわ》く、花風は、勝負に勝ちたいのではない。仁吉の嫁御になりたいのだ。

「天狗姫さんがこの地で暮らしたいなら、江戸で暮らす他の妖達も、納得させにゃならないのさ。だけど今、小鬼達は怒ってるな」

怒りを静めるには、きっちり最後まで勝負を続け、仁吉に小鬼を抑えてもらうしかない。

「それにだ。あちこちを探せば、姫はその間に、江戸にも馴染《なじ》めるんじゃないかい？」

途端、天狗姫が大きく頷いた。

「まあっ、それはそうですね。なら、おぎん様の発案、受けます。直ぐに始めましょう」

花風は立ち上がると、早々にさがしに行くと言い、あっという間に空へ舞い上がった。慌てて後を追う天狗達が去り、長崎屋の離れは一気に静かになる。

妖達も若だんなも、困った顔で仁吉の方を向いた。

「仁吉、勝負が始まっちゃったよ」

またまた仁吉は、蚊帳《かや》の外であった。

すると、だ。驚いたことに、この時佐助が、空に突き抜けるような明るい声で、笑い出したのだ。小鬼達がきょとんとし、若だんなと屏風のぞきは顔を見合わせる。

「いや仁吉、笑って済まん。でもさ、おぎん様ときたら、本当に変わらないねえ。とんでもないところが、以前のままだ」

周りが困ってもお構いなしだと言い、からからと笑い続ける。離れにいた妖は、少し怯《おび》えた目を仁吉へ向けた。だが案じることはなく、仁吉は深く頷き、怒る様子もなかった。

「全くだ。もう孫もおいでだというのに、さっぱり変わらない。ああ、大変なことになってしまった」

しかし存外平気な様子で、仁吉は若だんなの側《そば》へ膝をつく。そしてこうなったら、勝負を受けるしかないと言ってきたのだ。

「私は暫く外出が続きます。今日ばかりは大人しく頷くと、仁吉はほっと息を吐いてから立ち上がる。そして集っている妖達に、助力を頼める者はいるかと、顔をそちらに向けたのだ。

「ああ、とんでもないことになった」

若だんなが、思わずつぶやく。仁吉のことを心配する日が来ようとは、若だんなは考えたこともなかった。その上、だ。

「なんか不思議な気がするんだけど」

先ほどからその思いが、頭を離れない。仁吉は今、それは困っているはずだ。なのに顔が、何故だか笑っているかのように、若だんなには思えてしまっていた。

3

「若だんな、大変です。また、えらいことが起きちまった」

　夕刻まで大人しく寝ていた若だんなは、場久の声で飛び起きた。布団に乗って寝ていた鳴家達は、揃って布団の上から転げ落ち、慌てた顔で部屋を駆け始める。

「きゅんわーっ、天狗が攻めてきたっ」

「鳴家、違う、天狗の話をしにきたんじゃない。この場久は、深川へ行ったんだ。話は中屋のことだよ」

「ああ、ご苦労様。それで於りんちゃんには、会えたの？」

　若だんなが急ぎ布団から身を起こすと、場久が寝間へ上がって、綿入れを若だんなの肩に掛ける。そしてまず、気分が悪くなったら、横になるように言ってきたのだ。

「あの、話の先を聞くのが、怖くなる言い方だね」

「こいつは済みません。ですが、じゃあ黙っていようか、っていうわけにも、いかない話がありまして」

　場久が布団の横にきちんと座ると、若だんなの世話のために残っていた、屏風のぞきとおしろが、火鉢の横にくる。

深川で場久は、思いがけないものを目にしたと語り出した。

「若だんな、中屋ですがね、閉まってました」

「えっ、店を休んでたのかい？　中屋さん、具合でも悪くしたの？」

だが、主《あるじ》の病で店を休むことは、あまり聞かない話であった。大店であれば、商いを滞りなく回していくのは、番頭や手代達の役目なのだ。

場久は首を横に振った。

「中屋さんは、一時《いっとき》商いを休んでたんじゃありません。大戸《おおど》が立ててありました。戸を叩《たた》いたが、中から返事などなかったんです」

中屋は急に、店を越したのだろうか。場久は不安になり、近くの店や自身番に顔を出して、中屋のことを尋ねてみたのだ。すると、思いがけない返事をもらうことになった。

「中屋さんが越したとは、深川の誰も聞いてない。ただここ二日、商いをしてないっていうんです」

その上於りんや、弟で、まだ小さい初吉《はつきち》の姿も見かけないという。中屋の後妻、お末《すえ》が里へ連れて行っているのかと、近所の者は噂していた。

場久は不安に駆られ、妖の技を使ってみた。人目に付かない裏手へ行き、影の内からこっそり中屋へ入ってみたのだ。

「きゅいきゅい」

「ああ、その手があったね。で、どうだった？」

場久は声を少し低くした。

「中屋には誰もいませんでした。家族も、奉公人達も、一人もいなかった」

それどころか、家財道具をほとんど見かけなかったという。

「家の中が、引っ越しの後みたいだったの？」

「ただ、そんな中、奥にある倉の鍵《かぎ》は、外されてなかったんですが」

深川には、堀川が多い。中屋の敷地の脇《わき》にも流れているから、舟を用意すれば箪笥《たんす》だって、あっさり運び出せる。夜の内に動けば、人目にも付かないだろう。

「つまり若だんな、中屋さんは、夜逃げをしたということなんでしょうかね？」

「何でそんなことをする必要があるんだい？　場久、中屋さんは、大身代《しんだい》の材木問屋だよ」

それで於りんと若だんなの縁談は、釣り合い良しと、大層あっさり決まったのだ。

中屋にも鳴家達はいたし、深川には狐らも住んでいる。本当に中屋が繁盛《はんじょう》していたことを、守狐も兄や達も、しっかり掴んでいた。

「それにさ、もし万が一、お金に困ったとしても、夜逃げをする前に、中屋さん、おとっつぁんへ助けを求めそうなもんだけど」

長崎屋は、繁盛しているのだ。そして中屋とは既に、親戚《しんせき》も同然の間柄であった。

「不思議だ。何で中屋さん、消えてしまったんだろ」

まさか剣呑《けんのん》な賊に、襲われたのだろうか。

「若だんな、賊はきちんと大戸を立ててから、帰ったりしないよ」

屏風のぞきの言葉に頷く。ならば、流行病《はやりやまい》を拾って、全員亡《な》くなったのか。

「死人がいるなら、店は空になりません。ああ、おしろにもさっぱり、事情が見えませんよ」

まさか中屋の者達は、天狗さらいに遭ったのではと、おしろが言い出した。先ほど出会った天狗達のような者にさらわれ、助けを求める間もなく消えたのではというのだ。

「まさか。おしろは花風さん達のことが、頭に残ってるだけだよ」

若だんなは天狗というより、水に落ちてしまった文の方が気になると口にした。

「もしかしてあれ、中屋が困ってる。助けてくれという文だったのかも」

若だんなの眉尻《まゆじり》が下がる。しかし屛風のぞきは、否《いな》と言った。

「無くしたあの文、於りんちゃんから来たものだったろ？　あれに、店や金のことが書いてある筈はないさ」

大枚《たいまい》が関わることなら、中屋の主から長崎屋の主藤兵衛《とうべえ》へ、話がいく筈なのだ。店の内実を察し、事情を話して若だんなへ縋《すが》るには、於りんは少々幼すぎる。

「あ、ああ。そうだね。そのはずだよね」

でも、ならば於りんは何故、文を寄越したのだろうか。若だんなは必死に考えたが、焦《あせ》るほど答えが思い浮かばない。

「きゅべー……」

文を守れなかった鳴家《やなり》が、泣きべそをかいている。若だんなが抱き上げると、懐《ふところ》に入り込んで来た。ただ離れで考えているばかりでは、これ以上、中屋へ力を貸せそうにない。

「このままじゃ、駄目だね」

それで……若だんなは腹を決めた。床の上に座ると、妖《あやかし》達と向き合った。そして、場久から聞いた中屋の様子が余りに心配だから、自分で調べに出ると告げたのだ。

「幸いというか、いつも真っ先に止めにくる兄《にい》や達は、今、表へ出ているもの」

「おいおい、表に出たら熱が上がるよ。仁吉さん達に、怒られるよ」

「叱られることを覚悟で、出かけようと思う」

「えーっ」「いやーっ」「きゅげーっ」

ただそうなると、兄やからいつものように、助けてもらうわけにはいかない。

「倒れずに動く為には、どうしたらいいかな」

「止めてくれよ。兄やさん達は怖いよ。それにだ、若だんな、具合を良くする気なら、薬を飲んでみるしかなかろ。胃を悪くして、また寝込むかもしれないがね」

賭けだと言われ、若だんなは頷く。

「なるほど、屏風《びょうぶ》のぞき、名案」

皆の目が、妖から来た薬の山へ向かった。

4

若だんなは、張り切って長崎屋の離れから出かけた。つい先ほど、妖の薬を飲み込み……賭けに勝ったのだ。

若だんなは薬の山を前にし、あっさり一つ選んだ。仁吉が効くと言っていた河童の薬で、九州の九千坊《くせんぼう》河童から届いた丸薬が目にとまったのだ。

「それなら煎じ薬を作るより、簡単に飲めるね。うん、これにしよう」

「きょんべ」

「あの若だんな、中屋さんのことも兄やさん達に、相談してはどうですか。呼びに行きますから……あら、もう薬を飲んじゃった」

すると案じるおしろの前で、妖の薬は驚く程早く効き目を示してきたのだ。あっさり熱が引き、胃の腑も大丈夫だと言って、若だんなはぽんと己の身を叩いて見せた。

「我ながら、気味が悪いほど効いたみたいだ。効き過ぎかな。ひょっとすると、いきなり薬効が切れるかも」

そうなったら困るから、早めに中屋のことを調べに行くと、若だんなは金子《きんす》の入った紙入れを摑む。屛風のぞき達は頭を抱えた。

「若だんなは、やっぱりおぎん様の孫だ。無茶が大好きだよ」

妖達は、後で兄や達に叱られたら、九千坊河童の薬のせいにしようと言っている。

しかし、嘆いてはいても、若だんなを一人では行かせず、もちろん、そろって付いてきた。

「きゅいきゅい」

ところが、だ。長崎屋を出て幾らも行かない内に、若だんなの足は止まってしまった。兄や達と出て行った方の鳴家が二匹、通りで肩へ飛び乗ってきたのだ。小鬼達は何と、仁吉に凶事が起きたと、若だんなに急を告げた。

「神薬を探しに行った仁吉が、早々に困ってるの？　本当に？」

薬探しが、どういう災難を呼び込んだのか分からない。だが、〝仁吉に叱られてもかまわない〟と言ったのに、若だんなはやはり、仁吉を放ってなどいられなかった。

「佐助へも知らせて。鳴家、私達を仁吉のところへ連れていっておくれ」

若だんなは足の向く先を変え、鳴家の道案内で、仁吉がいるという店へ飛び込んだ。仁吉は長崎屋とも付き合いのある薬種屋《やくしゅや》、山上屋《やまかみや》へ薬を探しに向かっていた。

（あれ、この店って……）

紺色の暖簾《のれん》をくぐった途端、若だんなは目を見開き、凶事が何かを察した。仁吉がこめかみを押さえつつ、店の上がり端《はな》に腰掛けており、側に若い娘が座っていたのだ。

その上、娘御の後ろには、若だんなも顔を知る商人《あきんど》が寄り添い、笑みを浮かべている。妖達は、店で話しかけられるのを厭《いと》うたのか、後ろで影の内へ逃れた。人には見えない鳴家だけが、若だんなの肩に残った。

「おや、山上屋さんだ。つまり仁吉の横にいるのは、娘御のおさとさんですか」

若だんなが思わず口にすると、仁吉が若だんなの姿を見つけ、近くへ来ようとする。ところが立とうとした途端、その袖《そで》をおさとに掴まれ、仁吉は尻餅《しりもち》をついてしまったのだ。袖を握っているのは、縁ある薬種屋の娘だから、むげに振り払うことも出来ない様子であった。

「きょんげ？」

若だんなはここで、腹に力を込めた。

薬種屋山上屋は、跡取り娘のおさとに、婿《むこ》を探しているところであった。そして腕の立つ薬種問屋の手代で、娘おさとがのぼせている仁吉は、是非とも迎えたい婿がねなのだ。

山上屋からは、もう何度も縁談を持ち込まれており、そのたびに断っている。なのに、おぎんからの頼み事で頭を一杯にした仁吉は、そんな相手の店へ、のこのこ顔を出し、赤い神薬のことを問うたに違いない。

わざわざ仁吉から、山上屋へ顔を見せれば、おさとだとて気持ちを弾ませる。いつもの仁吉らしからぬ行いであった。まさに凶事だ。

（婿入り話、失念してたんだね。おばあ様が関わると、仁吉は何でこんなに間抜けをするんだろう）

若だんなは兄やへ目を向け、我ながら驚いたことに、少し呆《あき》れていた。

(驚いた。私の方が、こんな風に思うことがあるんだ)

とにかく仁吉を、救い出さねばならない。若だんなは店表へ働きに出た気で、笑みを浮かべ、顔見知りの山上屋へ挨拶《あいさつ》に行った。そして如才なく、おさとへも微笑《ほほえ》みかける。

「少し会わない内に、綺麗《きれい》になられましたね。おさとさん、見違えました」

「まあ、嬉《うれ》しいです、若だんな」

すると山上屋は、是非、話したいことがあるから、奥の間へ来てくれと言い出したが、そこでまた、仁吉の縁談を切り出されては困る。用があるから、兄やを迎えに来たと言い、若だんなは上がらなかった。

すると山上屋は、少し残念そうな顔をした後、まだ答えてなかったからと、思いもかけないことを付け足してきた。

「先刻仁吉さんは、赤く小さな丸薬のことを知らないかと、店へ聞きに来られました。何でも、西国から来た薬だとか」

目立つ色をしているので、分かりやすい。目にしたことがないか、薬種問屋へ問うて回っていると、山上屋は聞いたのだ。

「では、お答えします。承知しております」

「おや、山上屋さん、本当ですか？」

「きょげっ」

仁吉もさっと、山上屋の顔を見つめる。主は落ち着いた声で、事情を告げた。

「仁吉さんがおいでになるより、半時ばかり前のことです。背の高いお連れ達と一緒に、袴姿の娘御がおいでになりまして」

「おや、おや」

その娘が、赤い丸薬を山上屋の奉公人へ見せ、その薬と同じものが店にないか、問うてきたというのだ。

「花風さん達も、薬種屋を回っていたのか」

若だんなが、思わず名を口にした途端、山上屋が片眉を引き上げた。

「あの娘さん、花風と名乗りました。うちの店先で、長崎屋の仁吉さんと自分の、先々の為《ため》に、その丸薬を探しているのだと言ったんです」

「えっ」

驚いたおさとが、奥から出てきて事情を問うた。すると花風はなんと、己《おのれ》のことを、押しかけ女房のようなものだと言ったらしい。

「おさとは泣くし、大騒ぎでしたよ。第一、仁吉さんはまだ番頭ではなく、通いになっていない奉公人です。店の内で女房を持つなんて話は、聞いた事もございません」

店で寝起きをしている間、奉公人は連れ合いを持てないのだ。

騒ぎを起こしたあげく、山上屋に薬が無かったからか、花風はさっさと帰ってしまった。主が、何かの間違いだと娘を宥《なだ》めている時、何と、当の仁吉が顔を見せたのだ。おまけに、花風と同じ薬を探していたので、おさとは遠慮を忘れ、仁吉の袖を摑《つか》んでしまったという。

（ありゃりゃ）

「先ほど仁吉さんから、あの娘さんを嫁にはしないとお聞きして、安堵《あんど》してます。花風さんより、優しいおさとがいいですよ」

若だんなは、苦笑いを浮かべるしかなかった。

すると、だ。山上屋の言葉を聞いた途端、山上屋の客の一人が声をあげた。店表で話していたので、客達も話を聞いており、口を挟んできたのだ。

「仁吉さん、優しい娘がお好みなら、うちのおまちのこと、忘れて頂いちゃ困りますな」

「いや、うちのおみつも、年頃でして」

(あ、縁談は他からも、仁吉へ来てたんだっけ。しまった。仁吉の失敗を言えないや)

とにかく赤い丸薬は、山上屋にはない。

(ならば退散すべき頃合いだね)

「きゅいきゅい」

若だんなは立ち上がると、主へ事情を告げた。本当に深川の中屋へ、早く行かなくてはならないと言ったのだ。

「それもあって、仁吉を探しにきたんです」

するとおさとが何故《なぜ》だか、仁吉の袖を握ったまま、あっさり頷《うなず》いた。

「あら、中屋さんへおいでになるんですか」

あの店は今、揉めているから、許嫁《いいなずけ》の於りんが心配なのだろうと、おさとはあっさり言う。途端、若だんなはおさとを見つめていた。

「中屋さんは後妻さんを迎え、跡取りを得ました。調子よくいってるんじゃないんですか?」

すると、山上屋とおさとは顔を見合わせてしまった。主は若だんなを招き寄せ、店表の端に座らせてから、小声で語りはじめる。

「中屋の後妻さんは、お末さんと言います。お末さんの親御は、いつもお金に困っているお医者なんですよ。ええ、うちの薬種屋ともご縁があるんで、知ってます」

秀玄《しゅうげん》という医者で、最近は病人が払えない場合、金を取らないらしい。しかも薬は出すという、慈悲深い人柄だという。

「えっ……でも、ただで薬は作れませんよね？　しかも、そんな話が広まったら、金が払えない病人が、詰めかけそうだ」

　それでやっていけるのかと、若だんなが戸惑う。すると山上屋が口を歪《ゆが》めつつ、そのからくりを語った。

「藪《やぶ》医者じゃあないが、うまく金儲《かねもう》けができない人でね。それで前々から、薬種屋への払いを、よく滞らせてました」

　そんな医者が、ただで薬を出し始めたのは、娘のお末が、中屋へ入ってからのことらしい。お末が中屋と親しくなり、子が出来ると、妾《めかけ》では駄目だと言い張って、秀玄は娘を後妻に迎えさせたのだ。

「で、秀玄さんは今、あの店を頼りにしているんですよ」

出入りの薬種屋へ支払う金がなくなるたび、娘の亭主、中屋へ無心しているわけだ。ただで医者にかかれると、秀玄の所へ金の無い病人が更に集まる。また金がなくなる。

その繰り返しだという。おさとが首を振った。

「そんな調子だから、中屋さんの親戚方は、気を立ててるんですって」

　さすがは薬種屋の跡取り娘で、医者の話は良く知っていた。後妻が亭主を、父親秀玄の金櫃《かねびつ》代わりにすると知っていたら、中屋には迎えなかったと、中屋の身内は言い出しているらしい。

(神薬を探してる仁吉を助けに来て、中屋の話を聞けるとは思わなかった。これは、運が良かった)

武家と違い、商人では、長男に跡目を継がせない店もあるのだ。中には、跡取りは娘と決め、一番商いの腕の立つ奉公人を、次の主に迎える店もあるらしい。

　更に、店を潰《つぶ》すと思われたら、親戚一同から、主が隠居を迫られることもあった。店は親から子へ、受け継がれてゆくものなのだ。店主の一存で勝手放題をさせぬよう、身内の目が光っていた。

(ああ、中屋の親戚一同と、秀玄さん側の戦いが起きてるみたいだ。後妻さんとして男の子を産んでも、めでたし、めでたしという話になるとは、限らないんだな)

　このとき若だんなは、他の薬種屋にも、あの神薬は無いだろうと思えてきた。薬が境内に転がったのは、江戸の初めの話だ。もし神薬が江戸の薬種屋へたどり着いたとしても、とっくに誰かが飲んでしまっているだろう。ただの医者の所には、人が集まる。同じように、神薬と言われるほどの薬ならば、誰もが飲みたいと思うはずなのだ。

(なのにおばあ様は、何であの神薬を、東で探せと言ったのかしら)

訳があるはずであった。おぎんは齢《よわい》三千年の大妖《たいよう》であり、全く意味のないことを、仁吉にやらせるとも思えない。

　ここでおさとが仁吉へ、柔らかい笑みを向けた。

「若だんなは於りんさんのこと、気にされてるんですね。あたし、噂《うわさ》を集めておきます」

だから、また来てくれと、おさとが言い出したものだから、仁吉の顔が一層強《こわ》ばる。若だんなは苦笑を浮かべたあと、しっかり者のおさとへ問うてみた。

「あの、今、薬をさがしているんですが、なかなか見つかりません。おさとさんならそんな時、どうしますか？」

　返事はあっさりと返ってくる。

「近所のお稲荷《いなり》様に、拝みに行きます。早く見つかりますようにって」

「お稲荷様？」

若だんなは、ありがとうございますと、礼を言った後、ふと腕を組んだ。

（もし本当に神様へ祈ったら、どうなるかしら。探してるのは、神薬だ。ひょっとしたら、在処《ありか》を知っている祭神が、どこかの神社におられたりして）

そう考えたとき、頭の奥で、何かが光った。あの赤い丸薬に、手が届きそうだという、そんな思いが湧《わ》いてくる。

（神薬を探すべき場所は、薬種屋じゃなかったかも。つまり……）

答えは、目の前にある気がした。

（つまり……）

その時だ。

「若だんなっ、どうして表へ出てるんですか？ 熱があったっていうのにっ」

突然の大きな声が、頭の奥の光を吹っ飛ばした。鳴家が一匹、若だんなの袖内へ潜り込んで、嬉しげな小声を上げる。頼まれた通り、ちゃんと佐助を連れてきたので、鳴家は立派だと、胸を張っているのだ。

「うん、頑張ったね」

鳴家を袖の内で撫《な》でると、「きゅい」と嬉しげな声がする。

だが。若だんなに近づいて来た佐助の方は、他の薬種屋にいるというのに、目が針のように細くなっていた。

（うむ、拙《まず》いねえ）

本当に店から出る時だと感じ、若だんなは最後の挨拶をすると、おさとの手からそっと仁吉の袖を引き抜いた。ようよう立つことが出来た仁吉は、挨拶もそこそこに、若だんなを表へ連れ出してゆく。

妖達も影の内から現れ、若だんなの側へやってきた。

5

若だんなは妖達共々、道で見かけた茶屋で、一休みをした。そして床机《しょうぎ》に並んだ皆は、まず兄や達に叱《しか》られた。

一に、勝手に薬を飲み、その上他出をしたことで怒られた。仁吉に怖い顔を向けられた屏風のぞきは、堀へ放り込むと言われ、震え上がることになった。

次に、九千坊河童《かっぱ》が寄越した一服、河童薬が効いたと言うと、仁吉はぐっと機嫌を良くした。妖達はほっとし、そして、これからの話をすることが出来たのだ。

ここで場久が中屋の話を伝えると、若だんなが外出をした訳を知り、仁吉が顔を顰《しか》める。

「それで先ほど、中屋さんの話に聞き入ってたんですね。山上屋さんが話していたことと繋《つな》げると、中屋さんがただ、留守にしただけとは思えませんね」

ならば自分は神薬のことより、中屋の件へ手を打とうと、仁吉は言い出した。

「於りんちゃんの姿が見えないとなると、若だんなは心配なさるでしょう。体に障《さわ》ります。私の騒動より、若だんなの事が第一です」

「中屋さんへは、私が行こうか？」

佐助が言ったが、医者が絡《から》んだ話なら、薬種問屋の手代仁吉の方が、話をたどりやすい。早く事情が分かるだろうと言われ、佐助は頷いた。すると若だんなも、頷く。

「そうだね。仁吉にお願いしよう」

その上深川には、己は行かず、仁吉一人に任せると若だんなは口にした。

「私と行って気をつかうより、中屋さんの事、調べやすいだろうし」

横に座っていた屏風のぞきが、今日は妙に素直だと言い、意外そうな顔を向けてくる。若だんなは笑って、自分は、中屋の事で時を取られる仁吉の代わりに、神薬を探すと言い出した。

「おや、若だんな。薬のこと、何か当てが出来たんですか？」

仁吉が床机の上で、面白がっているような顔を見せてくる。神薬は江戸の初め頃、上方で失われたものだ。おぎんが東で探せと言っても、若だんながあっさり見つけるとは、とても思えなかったに違いない。

そして若だんなも、正直に言った。

「無くなった薬を見つける当ては、まだ無いんだ。けど、仁吉をほっとさせる為に、頑張るから」

若だんなが凄《すご》く頑張ると言うと、仁吉が柔らかく笑った。

「そうですね。深川で於りんちゃんを探し出すと言われるより、妖達と、ゆっくり薬種屋回りをして下さってた方が、安心かもしれません」

おぎんの頼みとは別のことを話すとき、仁吉はいつもの、頼りになる兄やであった。

「ならば佐助は、長崎屋から遠い場所を、受け持ってくれ。若だんな、薬祖神方が落とした薬のことで、無茶をしては駄目ですよ。長崎屋の近くを探して、くたびれたら、さっさと帰って下さい」

今度こそ、若だんなに無茶をさせるなと言われ、屏風のぞきやおしろ、場久が、何度も頷く。

仁吉は茶代を床机に置くと、早々に茶屋を出て、佐助と反対の方角へ向かった。妖達は、真面目《まじめ》な顔をして両方を見送ったが、兄や達の姿が通りを行き交う人の向こうに消えると、やはり仁吉は今日、妙だと揃《そろ》って言った。

「いつもだったら、若だんなを茶屋へ置いていくなんて、絶対にしませんよね」

「屏風のぞきさん、そうですよね。長崎屋へ連れ戻して、床の内に寝かせて、上から布《ふ》団《とん》を五枚ほど被《かぶ》せなきゃ、側を離れないのに」

おしろも頷くと、若だんなは笑って、仁吉は今も神薬のことが、気に掛かっているのだろうと口にした。何しろ競っている相手は、天狗《てんぐ》達なのだ。負けたら本当に天狗姫の嫁が、長崎屋の離れに降ってきそうであった。

「だから、さあ、仁吉のために神薬を探しに行こう」

河童の薬のおかげか、いつになく元気な若だんなが、少し楽しげに言う。妖達は、ついでに団子を買ってもらって、歩きつつ食べ始めた。

「河童の薬で、こんなに調子が良くなってるんだ。若だんな、もう赤い神薬を探さなくても、いいんじゃないかね？」

「屏風のぞき、事はおばあ様と天狗達の、勝負に変わってるんだ。薬効はこの際、関係ないと思うよ」

「何の為に、薬を探してるのやら」

振り売りや侍やおなご、子供達や犬まで行き交う大通りで、妖達は眉尻を下げている。

「で、若だんな。今の今、無くなった薬を見つける当ては、無いと言ってましたよね。どこへ行きましょうか」

とりあえず、また薬種屋へ行ってみるかと、場久が近くの大店《おおだな》を指す。若だんなが首を横に振り、実は行ってみたい場所があると口にした時、その薬種屋から、背の高い姿が束になって表へ出てきた。

「ありゃ、西の天狗達じゃないか。天狗姫の赤い袴《はかま》が見える。おおい、薬はあったかい」

そういえば天狗達も、薬種屋山上屋へ行っていた。あっちも必死に薬種屋巡りをしているのだなと、屏風のぞきがうなずく。

すると、その声が耳に届いたようで、天狗姫達が、こちらの成果やいかにと寄ってきた。若だんなは笑って、薬種屋では神薬を手にできなかっただろうと、天狗らへ言葉を向けた。

「確かに、まだ見つけてはおらぬ。若だんな、ではお主は、神薬を見つけたのか？だから我らを呼んだのか？」

「いいえ。でも、会えたのは、丁度良かった。神薬探しのことで一つ、天狗姫に問うておきたいことがありまして」

若だんなはこれから、山王御《さんのうお》旅所《たびしょ》へ向かいたいと思っているのだ。なので、話は歩きながらでいいかと姫へ問うと、承知との返事がもらえた。妖達と、早々に歩き出したところ、天狗姫達は若だんなを見つめてくる。

「薬種屋を探さずに、なぜ他へ向かうのだ？　山王御旅所とは、どういう地なのだ？」

「山王宮と、山王権現遥拝所《ごんげんようはいしょ》の二社が並び立っているところです。境内は広くて、いつも賑《にぎ》やかだ。天下祭では、御神輿《おみこし》が休憩する場所になっているんですよ」

日《に》本橋《ほんばし》からほど近い場所にあるから、長崎屋からも遠くはない。若だんなはそこへ至る前にと、天狗姫へ一つ確かめた。

「花風さん、天狗方は神薬七粒の内、一粒を拾ったと言いましたよね。薬祖神方が落とした、その日のことです」

「え、ええ」

よって、残りは六粒。三粒ずつ拾っても天狗が勝つ話になるが、相手は大妖のおぎんだ。その不利には目をつぶってもらい、勝負をしているわけだ。そして上方では互いに、一年で二粒ずつ集めた。

　ここで若だんなは、天狗姫の目を覗《のぞ》き込む。

「姫、天狗が後から集めた二粒ですが、本当に先年の内に、拾ったものですか？」

「えっ、何でそんなことを言うの？」

「何故かと言いますと……私は、境内に落ちた薬は、二百年の間に全部、駄目になったのではと考えているんです」

「きゅんげ？　若だんな、何で？　おぎん様、二つ見つけてた」

「祖母のおぎんは仁吉へ、残りの二つの神薬は、西にはないと言い切ってた。多分祖母は、狐《きつね》達の力を山ほど借りて探しても、全く見つけられなかったんじゃないかな」

　それで境内に落ちた薬は、既に失《う》せてしまっていると、おぎんは承知したのだ。

「だから文で仁吉へはっきり、神薬は西に無いと断言してきたわけです」

賑やかな通町《とおりちょう》の人混みを、北へ向かいつつ、若だんなは柔らかい声で話した。対して天狗達は、余り話さなくなっている。

「では、天狗姫が持っていた三粒の神薬は、何なのか。偽物《にせもの》？　万物を知るという白沢、仁吉に会いに来たんです。まがい物は、持って来られない。本物でしょう」

　ならば答えは簡単だ。

「江戸の初め、薬祖神が去った後の境内で、天狗方は神薬を、一粒ではなく三粒拾ってたんです」

そして二百年が経《た》った後、何としても仁吉へ嫁入りしたくなった天狗姫は、神薬を四粒拾えば勝てる勝負を、おぎんへ仕掛けたのだ。しかし、天狗が既に三粒持っていたのでは、勝負を受けてはもらえないだろう。それで一粒だけ持っていると、嘘《うそ》をついたわけだ。

「ちょいと……かなり卑怯《ひきょう》なこと、しましたね。仁吉が聞いたら怒りますよ」

若だんながはっきり言うと、横を歩く天狗姫の頬が、赤くなってくる。後ろを歩く天狗が、無法をした証《あかし》は無かろうと言ったので、若だんなは話の先を語った。

「西には、神薬が落ちていなかった。ただ、そうなると、祖母が持っていた神薬二粒は、どこから手に入れたのか。不思議ですよね」

時の向こうに消えてしまったはずの薬を、なぜ手に出来たのか。若だんなはここで、笑みを浮かべた。

「神薬は、七粒しかないのではなく、元々沢山あったから、手に入ったんです。覚えていますよね？　薬祖神方はそもそも、薬壺《くすりつぼ》の中にどっさり持っておられた。一旦《いったん》境内に落としてしまった多くの薬を、天狗方が集め、七粒残ったわけです」

ではその日、薬祖神達は薬壺を手に、京の薬師院へ何をしに来ていたのか。

「薬師院へ行ったのだから、薬師《やくし》如来《にょらい》様と会ったのでしょう。わざわざ薬壺を持っていたんです。薬も渡したに違いないです」

おぎんはそのことに、思い至ったのだ。

「祖母は薬師如来様へお願いし、薬を分けて頂いたんだと思います。ただ手に出来たのは、二粒だけでした」

つまりおぎんが持っていた神薬は、間違いなく本物であったけど、境内に落ちた薬ではなかったのだ。

あと二粒、見つけねばならなくなったおぎんは、薬壺を持っていた、薬祖神二人の行き先を探ったと思う。すると長命な妖達が、二柱《ふたはしら》の行き先は東だったと、承知していたのだ。

「おばあ様は手紙に、神薬は東にあると書き、勝負を仁吉へ渡しました。神薬は、まだ沢山残っている。あと二粒集めればいいのだから、無茶な話だとは思わなかったのでしょう」

若だんなの語りを聞き、屏風のぞきがぼやいている。

「おれは、嫁取りが掛かった話を、突然押っつけられたら、無茶だと騒ぐけどな」

歩きつつ話している間に、早、日本橋近くの青物市場が見えてきた。通りが一層賑やかになったところで、若だんなは東へ道を曲がる。幾らか歩いた先で、海賊《かいぞく》橋を渡った。

「少し先に、江戸でも名の知れた神社、山王御旅所があります。そこには薬師堂も建っているんですよ。薬師如来様もおわす筈《はず》です」

まずはそこの如来様から訪ねていくことにしたと言い、若だんなはやがて天狗姫らと一緒に、人で賑わう御旅所の門をくぐった。正面に御堂が見える。薬師堂へ行き着くと、江戸におわす薬師如来は寄せ木造りで、玉眼を嵌入《はめい》れてある、立派なお姿であった。

ここの薬師如来が薬壺を持っていなかった場合、若だんなは江戸の中の薬師堂を、一つずつ回っていくつもりであった。

だが若だんなは、像を目にした途端、ぱっと笑みを浮かべた。山王御旅所の薬師如来は、左の手のひらに薬壺を載せていたのだ。

京の薬師院にある薬師如来へは、薬が渡されている。薬祖神二人は神薬を、あちこちの薬師如来へ届けている所だったに違いない。

「薬祖神お二人が、江戸にもおいでだったとしたら。薬師如来様がお持ちのあの薬壺に、くだんの神薬が入っていると思います」

薬師堂で、若だんなの傍らに立っていた天狗姫が、きゅっと手を握りしめてから言った。

「もし、この薬師如来様が若だんなへ、あと二粒神薬を下さったら。おぎん様は四粒、神薬を集めたことになります」

つまりだ。

「あたしは勝負の負けを認めます。今度こそ、言い訳できないようなことは、しません」

仁吉へお嫁入り出来なかったら悲しいと、天狗姫は言った。しかし、だ。

「仁吉さんに卑怯者と思われるのは、もっと辛《つら》いです。それは嫌です」

手元にある三粒の丸薬は、確かに二百年ほど前に拾ったものだ。姫は薬師如来の前で、ようようそれを口にしたのだ。

若だんなは静かに頷くと、小声で薬師如来の像へ、二百年前からの話を語った。そして薬祖神と、大妖おぎん、天狗達、白沢である仁吉、長崎屋の皆など、多くが関わった騒ぎを、この辺りで幕引きにしたいと願ったのだ。

「勝手を申し上げていると、分かっております。でもお慈悲で、あと二粒、薬を分けて頂けませんか」

そうお願いして深く頭を下げた後、若だんなは薬を頂く事への御礼だと言い、紙入れにあった金子をそっくり寄進として供えた。人には見えない鳴家が、素早く如来坐《ざ》像《ぞう》の腕へ登ると、薬壺を少し開けて覗き込む。

しばらくは何も起こらず、鳴家達は首を傾《かし》げてしまった。だが。

突然、薬壺の中から小さな赤い丸薬が、二つぽんと飛んで出たのだ。

「あ……勝負が決まった」

「きょんわっ」

驚いて摑み損ねた鳴家が、情けない声をあげる。背の高い天狗が、飛んだ神薬をさっと手にすると、若だんなと向き合った。そして天狗は、己達が持っていた三粒の丸薬と合わせ、若だんなに渡してきたのだ。

「薬師如来様、お騒がせいたしました。長崎屋の皆も、手間をかけてしまったな」

天狗達は長崎屋へ謝り、姫を怒らないで欲しいと願ってから、若だんな達と共に、もう一度深く如来様へ頭を下げた。それから共に、薬師堂を後にする。

そして気が付くと、山王御旅所の境内を出る前に、天狗達の姿は若だんな達の前から、消えてしまっていたのだ。

天狗姫は、もう一度仁吉と会うこともなく、西へ去ってしまった。

「ああ、不思議だ。大騒ぎだったのに。過ぎてしまうと、夢、幻みたいだね」

だが皆で、昼間から夢を見ていたわけではない。若だんなの手に残された赤い薬だけが、不思議な一日が本当にあったことを、伝えていた。

6

仁吉は中屋を調べるのに、思いの外、時が掛かったようであった。戻ってきたのは翌日で、しかも眉間《みけん》に皺《しわ》が寄っていた。

離れで待っていた若だんなは、今朝起きた時、河童薬の薬効が切れたと、直《す》ぐに分かった。また熱が出ていたのだ。

「一日のみの、熱冷ましだったみたいだ。でも、とても良いお薬だったな」

しかし熱が出ていても、仁吉から中屋の話を聞きたい。若だんなは布団を体に巻き付け、皆の話に加わった。

佐助が温かい茶を淹《い》れ、まずは、帰ってきた仁吉に、落ち着いてもらう。そしてその間に、天狗姫達との一幕を、離れの妖達と若だんなが交互に語った。

「仁吉、最初に言っておくね。つまりもう、嫁取り話の心配は無くなったんだ」

「なんと、ありがとうございました。若だんな、二粒の薬、手に入れたんですか。本当に……素晴らしい手際《てぎわ》でございましたな」

感極まる仁吉の横で、釣られて佐助も涙目になっている。

「若だんなが、ご立派になられた。おぎん様も、それは喜ばれましょう」

「守狐《もりぎつね》が荼枳尼天《だきにてん》様のお庭へ、神薬勝負の決着がついたと、早速使いを送ったみたいだ。おばあ様、妖狐《ようこ》達の話を楽しんでいたとか」

ほっとしたと、仁吉を見て分かった。ただ不機嫌な様子は、続いていたのだ。

「しかし天狗達ときたら、おぎん様へ嘘をついて、公正でない勝負を挑んだのですね。驚いた。怖いことをしたものだ」

齢三千年の大妖に、そんな無茶をする妖は、滅多にいない。おぎんは、大人しくも弱くもないのだ。

「姫を、もう少し厳しくしつけないと。天狗達は甘すぎます」

「ぎょんべ？」

今回、大事に至らなかったのは、仁吉が絡んでいた為か、おぎんが面白がっていたからだろう。佐助がそう言うと、仁吉はまた、愚痴をこぼした。

「全くあの方は、いつもいつもいつも、この仁吉を困らせて」

ただ若だんなは、そんな仁吉を見ると、今日も少し首を傾げてしまうのだ。

(やっぱりおばあ様の話をするとき、仁吉は少し、笑っているように見えるな。うん、毎回そうだ)

若だんなが見つめていたら、何故だか、こほんと咳払《せきばら》いをしてから、仁吉は中屋のことを語り始めた。仁吉はいの一番に、於りんは無事であると、そう若だんなへ告げたのだ。

「ああ、良かった」

「きゅいっ」

離れに集った妖達も、一斉にほっとした顔になる。仁吉は、渋い顔つきを浮かべつつ、続きを語った。

「中屋さんですが、ご主人もご家族も、奉公人方も、皆、無事です。ええ、それはよかったのですが」

しかし中屋は今日も、店を開けてはいない。大事が起きてしまったのだ。

「きゅんべ？」

「はて、何があったんだ？」

「佐助、わたしは中屋へ行き、店の戸が、まだ閉まっていることを確かめた。そしてその後、中屋の弟の店へ行ってみたんだ」

身内ならば、何か承知しているかもしれないからだ。すると驚いたことに、中屋は弟の所にいて、親戚《しんせき》達に囲まれていた。

「どうやら後妻のお末さんの父御《ててご》が、また大枚《たいまい》を出してくれと、中屋へ頼んでいるとか」

酷《ひど》く酷く困っている。地回りの取り立てが厳しすぎるので、何としても金を出して欲しいと、言ってきたという。

「中屋への借金が重なり、親戚達が怒っていることを、お末の父親秀玄も承知していた。それで余所《よそ》から金を借りたところ、利が嵩《かさ》んで、動きが取れなくなってしまったんですよ」

秀玄に金がなくなっても、患者は縋《すが》ってくる。秀玄は病人を追い返せず、借金で薬代をまかなっていたのだ。

「何でそんなことを。直ぐに借金が積み重なって、払えなくなるでしょうに」

妖《あやかし》のおしろさえ呆れることをやってから、秀玄は金の取り立てに怯《おび》え、また義理の息子へ泣きついた。

だが、それを耳にした親戚達が、中屋が金を出すのを、今度こそ止めたのだ。このままでは中屋が、後妻のお末に食いつぶされると、身内達は怒っていた。

「そんなところへ、長崎屋の手代であるこの仁吉が、顔を見せたわけです」

於りんは養子で、実の親は中屋の弟夫婦だから、中屋と一緒に弟の店へ来ていた。若だんなが失った文は、久しぶりに深川へ来て下さいというお誘いだと分かり、仁吉はほっとしたのだ。ただ。

「私が、中屋の店が閉まっていると話した事で、思わぬ大騒ぎとなりました。中屋さん、深川の材木問屋を休んだつもりは、なかったんです」

いつものように番頭と奉公人達に、任せて出かけたのだ。店にはおかみのお末や、赤子の初吉も残っていた。

「なのに店が閉まっているなんて、何があったのか。妻子は、奉公人達は無事か。中屋さんと親戚一同が、材木問屋へ駆けつけました」

閉まっている大戸《おおど》を叩《たた》いても、応《こた》えがない。男達で強引に開けてみて、集った皆は立ちすくむことになった。場久が話した通り、中屋の内から、家財が消えていたのだ。

「お店に賊が入ったと、一段と騒ぎが大きくなりました、直ぐに岡っ引きが呼ばれ、同心の旦那《だんな》を呼びに行こうって話になったんです」

ところが、その時。いなくなっていた奉公人達が、姿を見せてきた。そして思わぬことを、中屋達へ告げたのだ。仁吉がここで、溜息《ためいき》をついた。

「中屋は、盗人《ぬすっと》に入られたんじゃ、ないっていうんですよ」

家財を持ち出したのは、何と、借金取りの手の者だと、現れた手代が言い出した。彫り物をした男達は舟に乗り、大勢で中屋まで来ると、木刀片手に、中屋へ踏み込んできたらしい。

「あろうことか、おかみのお末さんが、彼らを奥へ上げたんです。それで奉公人達は、止める事も出来なかった」

「お末さんが……ということは、秀玄医師の借金の形《かた》に、中屋の店にあったものが、持っていかれちゃったの？」

若だんなは、震える思いだった。物が消えたからではない。この後どんな騒動になったか、考えるのも恐ろしかったからだ。それで仁吉が、厳しい顔をしていたのだ。

「咄嗟《とっさ》に番頭が、鍵《かぎ》を持って逃げたんで、倉は無事だったようです」

店のおかみが無法を許しているのだ。奉公人達はおかしいと感じ、番頭や手代が、金箱や大福帳《だいふくちょう》など大事なものを摑み、てんでに店から出た。小僧達も木刀に怯え、寺や知り合いの所など、見つからない場所へ隠れた。それで中屋が戻ってくるまで、誰も出てこなかったのだ。

「奉公人のおかげで、帳場にあった金などは、ほとんど助かったとか。だが店奥は、そうはいかなかった」

亡《な》くなったおかみの着物など、そっくり消えてしまった。於りんの持ち物も、行李《こうり》ごと無くなっていたという。売り飛ばせそうなものは、店の奥から運び出されてしまっていた。

「癇癪《かんしゃく》を起こした親戚達が動きました。店にいないんだ。お末さんは親の家にいるとみて、そっちへ人をやったんです」

案の定、お末と初吉は秀玄の家におり、医者は今日も変わらず患者を診ていたらしい。直ぐ帰らなければ同心に突き出すと脅され、お末は子と親を連れ、中屋へ戻った。そして親戚達の前で、ほとんど家財を持っていかれるほど、借金はなかった筈だと言って、泣き出したのだ。

「おとっつぁんの借金の分だけ……ちょっとだけ、中屋の中の物を、持っていってもらう約束だったんです。こんなに沢山持っていっちまうなんて、あの借金取り達が悪いんです」

中屋にはまだ、親の借金を払うだけの財があるのに、助けてくれなかったのが酷い。

お末はお店のおかみと言えるほど、着物を持っていないのに、先妻の着物は於りんのものだと言われ、お末は手が出せなかった。あれは、おかしい。

家の中の物を、盛大に借金取りへ渡したあげく、お末は我が身の不幸を嘆き始めたという。佐助が、口をへの字にした。

「泣いて済む話じゃなかろ。先妻さんの道具は、お末さんの財じゃない。養子に入った於りんちゃんのものは、弟夫婦が金を出してるものも、あるんじゃないか？」

結婚した時や養子に入った時、持参した財が誰のもので、縁が失われたらどうなるか、お江戸ではきちんと決まっている。後妻が勝手に借金の形にするなど、やっていいことではないのだ。

「こんどの騒ぎ、中屋さんが一存で押さえるには、大きすぎるみたいだね」

若だんなは、一層の不安に包まれていた。

「いったいこの先、どうなるんだろ」

「とりあえず奉公人達は戻り、中屋さんは明日にも、店を開けるとか」

取引相手と、仕事を続けねばならない。奥向きで揉《も》めているからといって、いつまでも店を休んではいられないのだ。

ただ、親戚達はもう収まらなかった。

「絶対に、医者秀玄とは縁を切るべし。話はこの仁吉の前で、まとまっちまったんです。中屋さんがどう思おうと、お末さん、離縁になる気がしますね」

親の借金を、嫁ぎ先へ何度も持ち込んできたときから、お末を離縁すべきとの話は、出ていたのだ。今まで店を出されなかったのは、息子の初吉がいたからだと言ってから、仁吉が溜息を漏らす。

「でも今回は、その初吉坊のことも、話し合われているようです。実の息子が中屋へ残ったら、お末や秀玄はその内、縁を繋いでくる。また中屋へ金の無心を繰り返すと、親戚達は言ってるんですよ」

きっと大した悪気も無く、中屋を潰すまで、金を持っていくというのだ。

「話に聞いたお末さんなら、あり得るね」

屏風《びょうぶ》のぞきが言うくらいだ。親戚達の考えは動かず、今、初吉には、養子に出される話が出ているらしい。すると、それを聞いた若だんなが、目を見開いた。

「えっ？　じゃあ、中屋さんは誰が跡を取るの？」

妖達が、顔を見合わせる。つまりその……於りんに婿《むこ》を迎えるのだろうか。ならば、だ。

「うちへは、嫁に来てはもらえないってこと？」

「ぎょんげ？」

鳴家《やなり》達が、遊びに来てくれなくなるのかと、一斉に狼狽《うろた》えた。

風邪と天狗が絡まって始まった日々は、あっという間に、思わぬ所へ行き着いてしまった。若だんなは今度こそ、この先どうすればいいのか、思いつくことが出来なかった。

たたりづき

1

江戸は通町《とおりちょう》にある大店《おおだな》、長崎屋《ながさきや》の若だんなは、珍しくも寝込まず、前の月から調子よく過ごしていた。

離れの縁側に火鉢を置き、大福《だいふく》を焼いていると、匂《にお》いに釣られ、長崎屋に馴染《なじ》みの妖《あやかし》達が集まってくる。のんびりと碁を打つことになったが、相手は、付喪神《つくもがみ》の屛《びょう》風《ぶ》のぞきや貧乏神の金次《きんじ》といった、人ならぬ面々であった。

そして今日の碁は早々に、名人にも先の読めない、迷勝負になった。人には見えない小鬼、鳴家《やなり》達が、大福に釣られて集まると、碁盤に乗っかり、足で碁石を蹴飛《けと》ばしてしまったからだ。

「ねえ金次、鳴家が六つも、碁石を動かしちゃった。妙な局面になってるよ、これ」

「きゅんべ」

「……若だんな、あたしにはさっぱり、この碁がどうなっちまったか、分からねえよ。若だんなには分かるかい？」

「謎《なぞ》だよね。この先、どうやって続けたらいいのかしらねえ」

若だんなはゆったり困りつつ、小鬼達へ笑みを向けた。

「鳴家や、当分勝負は終わりそうにないから、火鉢で焼いてたお八《や》つ、先に食べておいで。あれ、もう食べてるか」

「きゅいきゅい、若だんな、大福甘い」

だが若だんな達の勝負は、結局、最後まで打たれることはなかった。

「わしなら次の手は、そこの隅に打つがな」

この時、庭先から突然声が聞こえたものだから、驚いた小鬼が大福を放り出した。それは碁盤の上へ落ち、碁石を弾《はじ》き飛ばしたのだ。

「きょわっ、大福、碁石まみれ」

「こらっ、大勝負を邪魔したのは誰だ？」

金次が睨《にら》むと、四人ほどの者達が、慌《あわ》てて庭から頭を下げてくる。いきなり現れたのもどうりで、挨拶《あいさつ》をしてきた者達は、人ではなかった。赤毛や金毛の妖狐《ようこ》、四匹だったのだ。

おまけにその内一匹は、何故《なぜ》だか縄で縛り上げられている。その時、その縄を握っていた一匹が、若だんなへ口上を述べてきた。

「ご挨拶が遅れました。我ら三人は、荼枳尼天《だきにてん》様にお仕えする妖狐で、自分は一の狐《こ》と申します。今日はおぎん様の御孫君、若だんなへお伝えすることがあり、神の庭からやって参りました」

長崎屋の先代の妻おぎんは、齢《よわい》三千年の大妖《たいよう》であり、今は一の狐同様、荼枳尼天に仕えている。よって若だんなと神の庭は、確かに縁《ゆかり》があるが……屏風のぞきは顔を顰《しか》め、小鬼を急ぎ店表へやった。

「荼枳尼天様からお使いが来るってぇのは、珍しい。若だんな、こりゃ話を聞く前に、兄《にい》やさん方を呼ばなきゃ。後で叱《しか》られますよ」

だが妖狐達は、兄や達を待つ気などない様子であった。そしてまず、麻縄で縛り上げた一匹の若い狐《きつね》を、何故だか若だんなの目の前に引き据えてきた。

「若だんな、この妖狐は仙太《せんた》と申します。こ奴《やつ》は、先におぎん様と大喧嘩《おおげんか》をした、仙《せん》狐《こ》の子でして」

「ああ、確かおばあ様ったら、その仙狐さんに、平手打ちを食らわしたんだよね？長崎屋でも、皆が驚いてた」

もっとも仙狐も、ひるまなかったらしく、茶枳尼天のいる神の庭で、狐同士、大勝負をしたと伝わっている。それを耳にした仁吉《にきち》が、眉間《みけん》に深く皺《しわ》を刻み、半日ほど嘆き続けていたのだ。

　若だんなが、祖母は仙狐と仲直りをしたかと問うと、一の狐はきっぱり首を横に振った。

「若だんな、二人には、相手へ謝る暇なんか、無かったんですよ。何しろおぎん様と仙狐さんは、そりゃもの凄《すご》い諍《いさか》いをしちまったんで」

　おぎんときたら、雲突くような山を二つばかり、壊してしまったというのだ。

「一の狐、山って喧嘩で、壊せるものだったの？」

「仙狐も負けてません。川を塞《ふさ》いじまって、そこが大池になったもんで、勝手をするなと河童《かっぱ》が怒った」

　嵐《あらし》も吹き、天狗《てんぐ》までが吹っ飛んだところで、茶枳尼天が顔を顰めたという。つまりおぎんと仙狐は主《あるじ》に捕まって、今別々に、山奥の岩屋へ放り込まれているというのだ。

「あれま。おばあ様ったら、派手に無茶をしたんだね」

「それで一の狐、おぎん様は大丈夫なのか？　いつ、岩屋から出して頂けるんだい？」

離れに引きつった声が聞こえ、若だんなが思わず廊下へ顔を向けると、仁吉と佐助《さすけ》が揃《そろ》ってやってきたところであった。縁側に座った二の狐が腕を組み、百年くらいは出られないかもと、真面目《まじめ》な顔で言った。

「何しろ、崩れちまった山と塞がれた川を直すのに、長くかかりそうなんで。神様がいきなり元に戻したら目立つし、急ぐのは無理なんですよ」

「岩屋なんかに閉じ込めておいたら、また騒ぎになります。おぎん様は退屈して、その内時々、岩屋から出てしまいますよ」

そして、荼枳尼天から叱られるに違いない。仁吉が本当に珍しくも、困り切った顔を見せている。

若だんなはここで、ひょいと首を傾《かし》げた。

「あの、それで一の狐さん達は、どうして長崎屋へ来たのかしら？」

「おや若だんな、御孫様へおぎん様のことをお知らせするのが、不思議ですか？」

「身内へ知らせるというなら、まずは娘であるおっかさんと会うよね。でも一の狐さん達は、離れへ来たんだ」

若だんなが真《ま》っ直《す》ぐに見つめ、何用かと問うと、神の庭の妖狐三人は目を見合わせた。そして笑い出すと、大きく頷《うなず》いたのだ。

「ふはは、さすがはおぎん様の孫君だ。恐れ入りました。見抜かれましたな」

そう言うと一の狐は、手にしていた縄を、再びぐいと引っ張った。すると連れていた赤毛の狐が、離れの畳の上へ腹を出して転び、慌てて鳴家達が逃げる。

「ありゃ、仙太さん、大丈夫？」

「若だんな、こ奴にお気遣いは、無用に願います。この仙太ときたら、長崎屋の若だんな、つまりお前様に、これからがっつり、迷惑をかけるつもりだったんですよ」

「これから？」

仙太は、母の仙狐が岩屋へ入れられたのは、おぎんのせいだと考えたらしい。しかしおぎんは既にお叱りを受け、岩屋にいて近づけない。よって仙太は仕返しを、孫の若だんなにしようと思い立ったという。

「ほおお、若だんなに、何をしようと言うんだ？」

兄や達が、仙太を睨みつける。

「長崎屋の一太《いちた》郎《ろう》さんには、おぎん様が、強い兄やさん達を付けている。そのことは神の庭にいる仙太も、承知してたようで」

よって仙太は、正面からぶつかろうとはせず、代わりに嫌な手を使ったのだ。

「こいつ、若だんなと関わりのある御仁《ごじん》に祟《たた》ったんです。その内、そのことが若だんなへ伝わると、驚いたり、自分のせいだと心配したりするでしょう？」

若だんなは困って、仙太へ許しを請《こ》うかもしれない。

「それを、眺めたかったようなんです」

「は？　私へ嫌がらせをする為《ため》に、他の人に迷惑をかけたの？」

若だんなが呆然《ぼうぜん》とした途端、縛られている仙太が、にたりと笑った。

2

だが仙太の笑いは、直ぐに引っ込んだ。佐助がさっと側《そば》へ寄り、両手でその口元をひねり上げたからだ。

「ひゅえええっ」

「一体、誰に、何をしたんだ？」

小鬼達も面白がり、仙太の尾の毛をむしり始めたが、一の狐は止めもしない。代わりに溜息《ためいき》をつくと、難を受けた御仁の名を告げた。

「それが、若だんなの許嫁《いいなずけ》於《お》りんさん、あちらの筋に祟ろうとしたようで」

「於りんちゃんに祟ったの？」

「いや、於りんさんの親御の、中屋《なかや》さんの」

「まあっ、中屋さんに祟ったんですか？」

猫又《ねこまた》のおしろが、意外な人に祟ったと驚くと、ここでも一の狐は首を横に振る。

「いや仙太は、中屋さんが懇意にしている御坊《ごぼう》の、そのまたお弟子に祟ったみたいでして。ええと名は……師の僧が〝南山《なんざん》〟、弟子の僧が〝東山《とうざん》〟だったと思います」

つまり祟られたのは東山だと聞き、長崎屋の離れでは、妖達の首が一斉に傾げられた。

「若だんなの、許嫁の、その親の、相談相手の僧の、その弟子に、祟ったってぇわけ？」

屏風のぞきが、これで合っているよなと、人数を数えている。

「縁の遠い相手に祟ったもんだ。これで若だんなへ、嫌がらせをしたことになるのかね？」

兄やが、東山を知っているかと問うたので、若だんなは、初めて聞いた名だと告げる。すると兄や達は、ならば祟りなど気にすることはないと、大まじめに口にした。

「中屋さんまでならばともかく、そのまた弟子のことまで、若だんなが気をつかわれることはございません」

祟った狐本人が、今、長崎屋へ来ているのだ。自分で祟りの始末をさせるべきだと、仁吉は言い切った。

すると、何故だか妖狐達が慌てだす。

「あの、そんなにきっぱり放り出されちゃ、我らが困るんです。荼枳尼天様のお庭にいた者が、江戸の民に祟ったなど、あっちゃならないことでして」

その上。ここで一の狐は、仙太を睨んだ。

「この仙太、妖としての力が弱いんですよ」

よくぞ祟れたと思うほどで、その始末などできないらしいのだ。祟りっぱなし、迷惑の掛けっぱなしというわけだ。

佐助が、妖狐を睨んだ。

「ならば無法をしたこの仙太も、岩屋へ放り込まれているべきだろう。なぜここにいるんだ？」

一の狐は、おずおずと訳を語り出した。

「それはそうなんですが……我らは今、山と川を元に戻すのに、手一杯で。で、祟りの始末にまで、手が回らないんです」

だから。

「そのぉ、東山坊は、若だんなの縁続きの御仁だ。ですからそのぉ、祟りの始末を、お願いできないかと思いまして」

そういう話になるなら、若だんなは祟りについて、仙太から事情を聞かねばならないだろう。それで一の狐は今日、長崎屋へ、縛り上げた仙太を連れて来たわけだ。

「よろしくお願いします。長崎屋の若だんなだけが、頼りなのですよ」

「はああ？ 若だんなに縁がある人に祟ったあげく、その若だんなに、ことの始末をさせる気か。何を勝手なこと、言ってるんだっ」

佐助が目を針のようにして睨み、妖狐らは四匹固まって、黙ってしまった。

すると、だ。ここで若だんなが不意に笑いだし、火鉢の横から一の狐へ顔を向けた。

「それで一の狐さん、もし私達が、祟りの始末を付けたとしたら。その対価はなんなのですか？」

若だんなには、祟りと関わるべき事情はない。もちろん支払いがある筈《はず》と、長崎屋の跡取り息子として話を始めた。

「えっ、若だんな、妖狐達の勝手な話を、受ける気なのかい？」

屏風のぞきは魂消《たまげ》ていたが、若だんなは一の狐から目を離さない。すると、端《はな》からその事は考えていたのか、一の狐は、皆の前で片手を開き、突き出してきた。

「五十年。これでいかがでしょう？」

「きゅい、何？」

「おぎん様は今、岩屋に閉じ込められています。若だんなが祟りの始末をして下されば、その期間を半分に減らすよう、荼枳尼天様へお願いいたしましょう」

つまりおぎんは、五十年で出られるというのだ。仁吉が目を輝かせたが、若だんなは、きっぱり言い返した。

「祟られた当人に、その始末を付けさせるんですよ。おまけに、です。今回の祟りに、荼枳尼天様が関わっていることを、余所《よそ》へ話しては駄目なんでしょう？」

「それは、もちろん、そうして頂けると」

「なら、おばあ様を、もっと早く出して下さい。そんな渋い支払い方をしちゃ、江戸で商いはできません」

「そ、そうなんですか？」

一の狐は慌てて、ならば大盤振る舞いで、七十年ほど早く、岩屋から出そうと言ってくる。横にいた仁吉の目が、煌《きら》めいたように見えたが、若だんなはここでも、承知とは言わなかった。

「どうせなら、直ぐに祖母を出して下さいませんか。明日出して下さるなら、妖達にも頼み、頑張って祟りと向き合います」

「直ぐに岩屋からお出しするのは、無理です！」

「ひゃひゃ、そりゃそうだなぁ。若だんな、あたしらも、明日までに祟りを片付けるのは、無理かもしれないよ」

貧乏神がへらへらと言うと、若だんなは深く頷き、では、こちらも引くと言ってみる。

「では、あと十日で、祖母を岩屋から出して下さるということで、了解です」

「十日？　駄目ですよ。若だんな、勝手に決めないで下さい」

「ひゃひゃひゃひゃっ、間抜けをして、物騒な話を持ち込んできたのは、狐の方だわいな」

「きゅい、そう、そう」

「ううむ、ならば一の狐さん、あと一月で、出して下さるということでは？　駄目？　茶枳尼天様に、お願いしづらいんですね。ならば、三月ではどうです？」

「百年が、どうして三月に縮まっちまうんですか？」

おぎんには最低あと三十年、岩屋にいて欲しい。そうでないと、山が元に戻らない。一の狐が泣きそうな顔で言い出したので、若だんなは深く頷いた。

「山を元に戻すことは、大事ですよね。祖母も無茶をしたと、後悔していると思います」

　ならばその役目は、祖母自身がやればいいと、若だんなは言い出した。

「祖母は大妖だから、力は強い筈です。狐は器用ですから、目立たないように、うまく山を戻せますとも」

　だから……仕方がない、一年は我慢してもらうから、そこで祖母を出し、山へ行かせてくれと、若だんなは口にした。

「これ以上は、こちらも引きません。一年以上祖母を閉じ込めるなら、他に、祟りの件を引き受ける者を、探して下さい」

「一年、ですか」

　妖狐達は、離れの隅で寸の間話し合うと、その内頷いた。そして、それはそれは大きく息を吐き出したのだ。

「仕方ない、では、祟りを片付けるのと引き替えに、一年で岩屋暮らしを終えるという案を、荼枳尼天様に出してみます。ああ、なんでこんなことになったんだろう」

　しかし、とにかく若だんなが、祟りを何とかすると言ったので、一の狐達は、そう落ち込んでもいなかった。一方、今日の仁吉は、若だんなが動くと言ったのに止めもせず、ほっとした顔つきを浮かべている。

(仁吉はおばあ様のことになると、ちょいといつもと変わってくるね)

思わず兄やをからかいたくなったが、先にからかった屏風のぞきが、ぽかりとやられたので、若だんなは慌てて、仙太へ問いを向けた。

「それで仙太、どんな災いを、お坊様にもたらしたの？　何で相手を東山坊様と決めたの？」

「それは自分で探りな。あのおぎんを、岩屋から先に出す為になんか、力を貸すもんか」

「ほおおお、謝る気、全く無しだな」

仁吉にも口元をひねり上げられ、小鬼達からは楽しく毛をむしられ、仙太は悲鳴を上げる。一方若だんなは妖達へ、次の春の話をしてみた。

「私のために、祟られたというお人を、放ってはおけないんだ。皆、力をかしておくれ。代わりに春になったら、好きなところでお花見をしよう」

妖達は皆、満足の顔を浮かべると、大いに力を示すと返してくる。

「沢山のご馳走《ちそう》、食べられるんだよね。うん、この屏風のぞきは、さっさと祟りを片付けてみせるぞ」

花見にはきっと猫又も天狗も、狐達も来るに違いない。何故だか人間の坊様も来そうだと言い、妖達は、ご馳走と酒を運ぶのが大変だと、今からそちらの心配を始めている。

「ひゃひゃっ、花見で、羊羹《ようかん》を棹《さお》ごと食べたいね。いっそ雪見にすれば、早めに楽しめるんじゃないか？」

「金次、寒いと若だんなが風邪をひく。駄目だ」

「あ、心配してる。仁吉さんが元に戻った」

祟りが何なのかは、祟られた東山に聞けばいい。妖達はまず、東山がいる寺を知る為、中屋へ行こうと、深川《ふかがわ》行きの舟の用意に出かけた。兄や達の他に、人の姿を取れる金次、屏風のぞき、おしろが、若だんなへ付いていくと決まった。それと、人に見えない鳴家も、もちろん行くと張り切っている。

一方妖狐達は、荼枳尼天への知らせをまとめるため、話し合いに忙しい。仁吉と佐助も、若だんなのお供をするため、店へ他出を伝えに消えた。おたえと話をしに行った若だんなも、離れから出て行くことになる。

振り返ると、縛られたままの仙太が、離れにぽつんと一人残されていた。

3

深川にある中屋へ向かうと、材木問屋は、おかみが引き起こした騒ぎが嘘《うそ》のように、落ち着いた佇《たたず》まいを見せていた。

「あの話、何とか落ち着いたのかしら」

若だんながつぶやいている間に、連れの妖達は影の内へ隠れてゆく。

しかし兄や達と店内へ入ると、中屋はやはり以前とは違った。先頃後妻のお末《すえ》が、里方の借金を返す為、嫁ぎ先にあった家財を、借金取りに渡してしまったからだ。おかみの姿はないし、於りんもいない。奥の間で、顔を見せた主へ問うと、於りんは、実の親である弟の所へ行っているという。

(ありゃ？　先からの揉《も》め事、まだ終わってないのかな？)

そんな時に悪いとは思ったが、祟られたという東山を、放ってはおけない。若だんなは中屋へ、南山という僧の弟子、東山のことを問うてみた。

「その、うちの店縁《ゆかり》の者が、その御坊へご迷惑をかけたみたいなのです。一度、お詫《わ》びに行きたいと思いまして」

「おや、そうでしたか。南山様も東山さんも、良きお方です。私は最近南山様に、話を聞いて頂いておりまして」

上野の寺の僧だと言われ、若だんなは、寺が深川から遠い事に、少しばかり驚いた。すると中屋がここで、堰《せき》を切ったように己《おのれ》の話を始めたのだ。

「実は、妻のお末を離縁いたしました」

直ぐに長崎屋へ知らせず、申し訳なかったと頭を下げてこられた。若だんなが慌てて、気にしないでくれと返すと、控えていた仁吉が、親戚《しんせき》達が引かなかったのだろうと、さらりと口にする。

中屋は頷いた後、しかし、それだけではなかったと続けた。

「このままお末が中屋に居続けると、息子の初吉《はつきち》の立場まで悪くなり、店から出されそうでした。それで意を決しました」

中屋は、跡取りは初吉と、決めていると言った。

「一人息子なのです。母が馬鹿《ばか》をしたからと、店から追い出したくはない」

弟の娘をもらい受けはしたが、於りんには、長崎屋という願ってもない嫁ぎ先が決まっている。今までは実の親である弟夫婦も、その話を喜んでいたのだ。

「なのに、お末が不始末をして、弟たちが怒り、於りんへ婿《むこ》を迎えても良いのではと言い出して。長崎屋さんにも、ご心配をおかけしました」

「えっ？　いえ、とんでもない」

　どうやら中屋は、若だんなが縁組みのことを心配し、様子を見に来たと思っているようだった。若だんなは狼狽《うろた》え、おまけに、上手《うま》く僧の東山へ話を戻すことができない。

（こういう場合、どう言えばいいのかしら）

　父の藤兵衛《とうべえ》ならば、さらりと話を動かす気がして、そう出来ない己が情けない。

　するとこの時佐助が、藤兵衛とは違う強さでもって、いたたまれない座の様子を打ち破った。配慮という言葉など考えもせず、若だんなの用が第一と、話し出したのだ。

「中屋さん、突然で申し訳ないですが、東山さんがおいでの寺の名を、早めに教えて頂けないでしょうか」

「えっ？　寺の名ですか？」

　佐助は、中屋に縁の僧と聞いていたので、寺が深川にあると思っていたと続ける。若だんな達は今日、その寺へも回るつもりだったのだ。そのための挨拶の品も、既に用意してあった。

「ですので、もし今からでも行けるようでしたら、上野へ舟で伺いたいのですが」

「おお、己の話が長くなって、失礼しました。ええと、寺は上野にある真正寺《しんしょうじ》です。広徳寺《こうとくじ》からも、近いところにあります」

中屋は、深川にある寺の僧だと、親戚達へ話が伝わりそうで、悩みを語れなかったと漏らした。それでわざわざ遠い上野まで行き、御坊に話を聞いてもらっているのだ。

(中屋さん、揉めごとが応《こた》えてるみたいだ。大丈夫かな)

若だんなは礼を言った後、もう一度中屋の顔を見た。そして。

少し迷ったが、立ち上がる前に、畳に両の手を突く。一つでもことをはっきりさせ、中屋に安堵《あんど》してもらいたいと思った。

「中屋さん、私はきっと、しっかりした跡取りになります。体も、もっと強くなってみせます。だから於りんさんを是非、長崎屋の嫁に頂けますよう、お願い申し上げます」

そういえば嫁取り話は、親や仲人《なこうど》に任せるばかり。於りんがまだ子供なので、きちんと挨拶をしたことがなかった。若だんなが深々と頭を下げたとき、中屋が一寸《ちょっと》、目を見張った気がした。

すると。今度は中屋が、深く頭を下げてきたのだ。

「於りんは、可愛《かわい》い我が娘です。亡《な》き妻からも、頼まれている。父親として、あの子の幸せを、切に願っております」

於りんをよろしくお願いしますと、中屋の声がして、二人は共に、しばらく頭を上げなかった。

この時、影内のどこからか、何で謝っているのかと、戸惑うような妖達の声が聞こえて来る。やがて、それに笑い声が混じり、楽しげな言葉も伝わってきたように思えた。

中屋を辞すと、皆で隅田川から舟に乗り、北へ遡《さかのぼ》った。すると袖内《そでうち》できゅいきゅいと鳴きつつ、鳴家達が問うてくる。

「若だんな、於りんちゃんと遊ぶ約束すると、何で頭、下げるの？」

若だんなは笑って、あれは、ご挨拶なのだと小鬼へ告げた。

「ごあいさつ？　さつまいも、好き」

真正寺が、寛朝《かんちょう》のいる広徳寺に近いのなら、今日は寺に泊まろうと、舟の内で妖達が言い出した。寛朝の部屋にあるはずの般若湯《はんにゃとう》で、酔っ払おうというわけだ。

「おいおい、早くも飲む話か。東山さんへの祟りが何なのか、まだ分かってないんだぞ」

呆《あき》れる仁吉の声に、佐助の言葉が続く。

「その祟りを、どう片付けるかも、決まってない。鳴家、遊ぶのはあとだ」

「きゅー、兄やさん達、お酒嫌いになった？」

だが二人は、若だんなが疲れるだろうから、上野で泊まるのは良かろうと言った。

それで堀川の船着き場へ着くと、張り切った鳴家が二匹、先に広徳寺へ走っていった。

堀近くで駕籠《かご》が見つからず、今日は平気だと、若だんなは皆と歩いて道を聞きつつ真正寺へ向かう。するとじき、やや、こぢんまりとした寺の前で、皆は急に立ち止まった。年配の僧が鳴家を一匹抱え、門のところで若だんな達を待っていたのだ。

「おお、来た来た。長崎屋の若だんな達かな。この小鬼が、近くの道で泣き声を上げていたのだ」

どうやら広徳寺へ向かっていた一匹が、道が分からなくなったらしい。聞けば小鬼は、長崎屋の者で、連れは真正寺という寺へ来て、僧に会うと言ったのだ。よって当の僧は、そのまま小鬼を真正寺へ連れ帰ったらしい。

「おや、では御坊が南山様なんですね」

若だんなは目を見開いた。そして驚きつつ、南山が何者なのかを知ることになった。

「人には見えない鳴家を、そうやって拾って下さったということは。御坊、お前様は妖だと思うんですが」

「ふふ、長崎屋の皆も、常とは違う御仁らだとか。寛朝様から伺っておるよ」

上野で暮らしている僧同士なのだ。南山はある日寛朝に出くわし、己が何者なのか、あの高僧に知られてしまったという。

「でもあの方は、意外と口が堅いようだな。金払いが良いと褒めていた、長崎屋の若だんなにも、我のことを教えていなかったか」

南山に寺奥へ招かれ、用を問われた。そこで茶を出してくれた若い僧を見て、屏風のぞきが笑うようにつぶやいた。

「おや、お弟子は、我らがお仲間じゃないね」

若だんなは、東山から茶を受け取るとき、少しばかり身が揺らいで、戸惑ってしまった。その時、横にいた佐助が、実は今日会いに来たのは、弟子の東山の方だと告げる。

「わ、わたくしでございますか？」

「東山さん、最近困っていることがありませんか？　人に祟った者がいるという、噂《うわさ》がありまして。我らは今、その話を調べているんです」

途端、南山が片眉《かたまゆ》を引き上げる。そして、弟子の東山が言いよどんでいる間に、師僧はさっさと返事をした。真正寺は確かに今、困り事を抱えていると言ったのだ。

「いい加減な噂が、立っておってな」

誰が言い出したのやら、弟子東山は何と、南山の子だという噂があるらしい。

「お、おやまあ」

長崎屋の面々が、一斉に顔を見合わせた。驚いたことに皆は、悩み事を聞いた途端、噂の答えが分かってしまった。

(東山さんはどう見ても、妖の血など引いてない。つまり南山様の子ではないよね)

しかし、だ。若だんなは、ここで口を引き結ぶ。どうやって、そのことを他へ示したらいいのかは、分からなかったのだ。

(まさか南山様が妖だからと、言う訳にもいかないし)

若だんな自身、人ならぬものの血を引いているから妖が分かると、世間へ言うことは無理だ。若だんなは目眩《めまい》を感じた。

(謎を突き止めたし、直ぐに解けちゃったけど。事をどう収めたらいいか、案じをつける方が難しそうだ)

しかも横で仁吉が、怖いことを口にする。

「南山様、その噂、少々剣呑《けんのん》ですね。東山さんが生まれた年、御坊は既に得度して、お坊様になってらしたんじゃないですか？」

　僧による女犯《にょぼん》の罪は、大層重いものであった。その上南山は、真正寺の主だ。

「となると、島流しもあり得ます」

　一方、若い僧が女犯した時は、日本橋《にほんばし》の袂《たもと》でさらし者にされた上、寺を破門、追放されることになる。ただ今回、東山はその罪とは、関わりないと思われた。

「ただ、罪の子だと言われ、僧でいることが無理になるかもしれませんが」

　若だんなは、顔を強《こわ》ばらせた。

「探していた祟りは、この噂に違いないね。東山さん、他に困っていることはございませんね？　大丈夫ですよね？」

「いやその、他の困りごとは……祟りとは関係ないので」

「他にも、何かあるのですか？　早く言って下さらないと」

　ここで仁吉が、東山の困った顔などお構いなしに、ぐいぐいと迫って問うていく。

　若だんなは止めようと、さっと横を向き、兄やの肩へ手を掛けようとした。

　すると。

　急に畳が、柔らかくなったような気がしたのだ。体が傾いて、全《すべ》てが心もとなくなった。

（なんで？　今日は、とても調子が良かったんだ。なのに、これじゃまるで、また、具合が悪くなったみたいじゃないか……）

妖達の驚いた顔が、奇妙に傾いて、若だんなの目の端をかすめる。その顔も直ぐに消え、辺りが暗くなっていった。

4

「若だんな、布団《ふとん》にもぐって泣くな。長崎屋から深川へ行った上、上野にも回ってきたのだろう？　無理したので、疲れたのだ」

気が付くと、若だんなは真正寺の部屋で、布団に寝かされていた。倒れたのだと分かった途端、思わず目に涙を浮かべると、顔なじみの名僧寛朝が、横から声をかけてきた。

薬種問屋《やくしゅどんや》を預かっている仁吉が、側にいるのだ。心配はなかったはずなのに、南山が急ぎ、馴染みの広徳寺へも知らせたらしい。寛朝は寺縁《てらゆかり》の医者と共に、若だんなの傍らで座っていた。

「薬を大人しく飲んで、何日か、この上野で休んでいくのだな。この上無理をすると、次の月も寝込むことになるぞ」

「……はい。でも寛朝様。今日は大丈夫だと思ったんです。船着き場から、真正寺へ歩くことも出来たし。私だって、やれば出来るんだって、浮き上がるように感じてた」

そもそも嫁取りの話が出ている男が、歩いた途端、倒れるとは、余りに情けないではないか。布団の中からそう告げると、寛朝が返してきた声は優しかった。

「若だんな、分かっておるから」

なおさら情けなくなって、若だんなはまた、頭まで布団にもぐってしまった。

医者は、粥《かゆ》を食べる前に薬を飲むよう言い置いて、早々に立ち上がる。すると南山が、医者を家まで送るよう言ったので、弟子も門へと向かった。

二人が部屋から出ると、妖達が競って、上野まで来た事情を寛朝へ話し出した。おぎんと仙狐の喧嘩から始まり、妖狐との約束を語り、深川にある中屋で、若だんながちゃんと挨拶をしたことも告げる。

つまり長崎屋の皆は、祟りのけりを付ける為、東山の元へきたと、寛朝は知ったのだ。話が終わったとき、南山は笑みを浮かべ、寛朝は明るく笑っていた。

「若だんなの祖母君は、山をぶち壊したか。おぎん殿は、豪快な性分のようだな」

せっかく上野へ来たのだから、若だんなは祖母おぎんの為、東山を救っていくといい。寛朝は、南山から悩みを聞いているらしく、そう話してくる。

「寝ていても、考える事は出来るからな」

しかし兄や達が、布団の反対側で渋い顔になった。考え事をしては、布団の中の若だんなが、具合を悪くすると言うのだ。

「第一、仙太の祟りの件には、もう答えが出ております」

仙太の阿呆《あほう》に祟られ、師の子だと噂を立てられた東山だが、妖者の血を引いておらず、南山の子ではない。万物を知る白沢《はくたく》、仁吉が言うのだから確かなのだ。よって仁吉はさっさと、この話を終わらせにかかった。

「この祟り……というか、噂は、放っておくのが一番良い判断でしょう。大丈夫、南山様の実の子だという証《あかし》が出て、東山さんが困ることはございません。本当に親子ではないのですから」

それはそうだと、妖達も頷く。

「きゅい、鳴家が祟り、やっつけた！」

「小鬼、お前さんが何をしたって言うんだ？」

「屏風のぞきは、何にもしてない」

若だんなは横になったまま、仁吉の話の進め方は上手いと、頭に刻んでいた。

（これで幕引きだね。おばあ様もきっと、岩屋から早く出られる）

佐助が横で、ほっとしたように笑みを浮かべた。

ところがだ。ここでただ一人、頷かなかった者がいた。寛朝だ。

「すまんが東山の件は、放っておいて、どうにかなるものではないぞ。おや仁吉、何故かと聞くか？　それはな」

寛朝が南山へ目を向けると、妖である僧は、困った顔で語り出した。

「実は東山が、この南山の子かもしれないと噂が立ったのには、訳がありまして」

「えっ？　祟られたからではないのですか？」

妖達は首を傾げたが、南山は、分かりやすい事情があると先を続ける。

「東山は迷子だったのです。大きな火事の後、泣いているところを、拙僧が拾いました」

幼かったので身元を聞き出せず、親は分からなかった。火事で多くが亡くなった時ゆえ、周りは諦《あきら》め、東山はそのまま南山に育てられた。やがて、得度し僧になったわけだ。

「ところが少し前、この真正寺へ、人探しをしているという者が訪ねてきました」

上川屋《かみかわや》という商人《あきんど》であった。東山を拾った火事の時、真正寺の近くで、店の主夫婦が亡くなり、一人息子が行方知れずになったという。

「先の上川屋さんは、西から来たお人だったので、江戸に身内がいなかったそうで」

それで店の手代《てだい》だった今の上川屋が、残された店を守り、主の子をずっと探しているというのだ。上川屋は嫁も取らず、子も持たなかったと語っていた。亡き主とその子のため、己の時を使ってきた男なのだ。

「東山は行方知れずのお子と、年頃が同じです。拾った時、着ていたのが細い縞柄《しまがら》の、茶の着物ということも合っていました。何より、今の上川屋さんによると、東山は亡き主と、そっくりだというんですよ」

東山は先代上川屋の子で、間違いなかろうと思われた。上川屋自身は、既に東山のことを、そう信じているようだと南山は語る。

「だがな、確証はないんだ」

ないから今、そこから先へ、話が進んでいなかった。そんな中、嫌な噂が、真正寺のある上野の地に流れたのだ。

「東山は、この南山が妾《めかけ》に生ませた子だっていう、あれです」

すると屏風《びょうぶ》のぞきが、ぽんと手を打った。

「おや、もしかしたら上川屋さんというのは、かなりの金持ちなのかな。つまりその噂、金を渡したくない、今の主の親戚達が流したんじゃないのかい」

そうに違いないと言うと、答えたのは何と、貧乏神の金次であった。

「上川屋は、寺の多い上野にある、仏具屋だ。店には滅多に客などいないが、近くの寺へ品を納めてるから、実は内福だよぉ。一回、貧乏にしてみたい店だ」

貧乏神の金次が、怖いような笑みを浮かべている。若だんなは横になったまま、両の眉尻《まゆじり》を下げた。

「けほっ、金次が店を承知してるんだ。倉に金箱が積んであるんだろうね」

ならば、東山を店へ迎え入れたくない親戚は、沢山いるに違いない。佐助が頷いた。

「己の子に、上川屋を継がせたい手合いですね。人は、欲深いですから」

ところが上川屋の話を聞くと、仁吉が口をへの字にした。

「寛朝様、まさか若だんなに、仏具屋のややこしい話を何とかしろと、けしかけてるわけじゃないですよね？」

「けふっ、仁吉、御坊はそんなこと、おっしゃってないじゃないか」

「いいえ、東山さんを救っていくといいと、若だんなにおっしゃいました」

しかし仁吉は、上川屋の件に、関わって欲しくはないという。

「東山さんが先の上川屋さんの子かどうか、証を立てることなど、多分出来ませんから」

東山が証拠の品を持っているのなら、とうにそれを出している筈だ。しかし上川屋が未《ま》だ東山を、店へ迎え入れていないということは、そんなものは無いに違いない。

「そんな揉め事に首を突っ込んだら、若だんなは、年末まで寝込んでしまいますよ。おまけに、祟りの始末を付けたと言えなくなります」

そんなことになったら、おぎんを岩屋から、一年で出すことなどできなくなる。妖達だとて、ご褒美《ほうび》の宴《うたげ》を開くことなど、無理になってしまうだろうと、兄《にい》やは言い切った。

途端、妖達の機嫌が悪くなった。

「寛朝様が悪い。ひゃひゃっ、弱い若だんなを働かせちゃ、いけないよねえ」

「いやその、南山達は困っておるのだ。つまり祟りは、まだ消えておらぬのだが」

寛朝は、ぼそぼそと話を続け、祟りの件から引こうとしなかった。

（承知してしまった南山様の難儀を、見て見ぬふりはできないんだな）

しかし寛朝が、知り合いの僧の味方をして、仏具屋の跡取り問題に首を突っ込むと、多分寺の内で、別の騒ぎが起きそうな気がする。

　すると寛朝はここで、何とも気軽に、こう言い出した。

「そうだ、長崎屋の皆に、祟りの始末を頼むのが無理なら、寛永寺《かんえいじ》の天狗《てんぐ》僧黒羽《くろは》に、助力を頼むというのはどうだろうか？」

　途端、兄や達が眉を引き上げたというのに、寛朝は気が付かないのか、更に一言、付け足してくる。今日はお目付役の秋英《しゅうえい》がいなかった為、口が滑ったのだろう。

「黒羽は天狗ゆえ、結構力が強い。良い考えだとは思わんか。事がさっさと終われば、おぎん殿とてもっと早く、岩屋から出してもらえるかもしれんぞ」

「ひゃひゃっ、寛朝様、こんなときに、おぎん様の名を持ち出すのかい？　怖いことするねえ」

　金次が笑いだし、兄や二人は黒目を針のように細くした。仁吉が寛朝の顔を見据える。

「それ、脅しですか？　天狗へ、まだ祟りが続いていると伝えたら、荼枳尼天様へも話が行ってしまいます。まだ祟りが終わっていないことに、なってしまいます」

　今回、おぎんの喧嘩《けんか》が起こした嵐《あらし》で、天狗も吹き飛ばされているから、妖狐《ようこ》のことを、まだ怒っているという話であった。そんな相手から話が巡っては、おぎんが岩屋から出られなくなる。

「寛朝様は、言うことを聞かない我らが、お気に召さぬらしい」

「えっ？　いや、違う。違うのだ」

若だんなは、慌《あわ》てる寛朝を見て、仁吉の腕を握った。

「仁吉、誰も脅してなどいないよ。落ち着いて」

ただ、自分が寝付いて、真正寺には世話になっている。だから南山へ礼をしてもいいのではと、穏やかに言葉を向けてみた。若だんなはきっと、まだ何日か立てないのだ。

「それは……確かにそうですね」

このとき猫又のおしろが、若だんなへ目配せをし、東山を助けてもいいと、あっさり言った。

「若だんなは後であたしらに、きっと一席設けて下さいます。だから構いませんよ」

「きゅいきゅい」

するとここで、仁吉が急に笑みを浮かべた。付け文が絶えない美男が、冷たい笑いを浮かべると、奇妙なほど怖い。仁吉は顔を、布団の傍らに座る寛朝へ向けると、低い声で語り出した。

「分かりました。おぎん様へ迷惑が及んでは、かないません。我ら長崎屋の者が、南山様方の難儀を、どうにかしましょう」

「それはその……本当にいいのか？」

ただし、だ。

「やりたくもないことなんでね。どうやって事を片付けるかは、こちらに任せて頂きます。そして寛朝様方にも、手を貸して頂くことが、あろうかと思います」

不服は受け付けない。文句があるのなら、自分達で祟《たた》りを何とかしろと、仁吉は言い切った。何故《なぜ》だか妖《あやかし》達が、きちんと座ってその言葉に頷《うなず》く。寛朝が頭を下げた。

「無理をきいてもらったようで、済まん。あの、本当に、脅してなどおらぬから」

言われた通りに手を貸すと、高僧は大人しく口にする。とにかく、全員で一気に祟りを片付けると話がまとまったのだが、若だんなは、そっと兄やへ目を向けることになった。

（今回、おばあ様の件では、仁吉は妙に気を立てているね）

広徳寺へ戻ったら、寛朝は弟子の秋英から叱《しか》られそうな気がする。若だんなは、布団に潜り込んできた鳴家《やなり》を二匹抱き寄せ、溜息を漏らした。

5

翌日のこと。若だんなの寝ている真正寺の一間に、妖達と南山、それに寛朝らが集った。

東山へ向けられた祟りをいかに片付けるか、奥の間で考えを口にすると言い、兄や達が皆を呼んだのだ。今日は何故だか弟子の秋英が、寛朝の供をしている。妖が多くいたので、東山本人は、寺の用を言いつけられ、真正寺から遠ざけられた。

（秋英さん、師が心配なんだね。仁吉と揉めたものね）

妖達の無茶を、見ているしかできない若だんなは、寝込んだまま頭を抱えていた。今回は、いつもなら止め役に回るはずの兄や達が、ずっと不機嫌なので、誰も場を落ち着かせる者がおらず、心配が募っているのだ。

「あの、仁吉さん、祟りの話を始める前に、少しお話をさせて頂いてもよろしいですか」

座が始まるとき、珍しくも秋英が、誰よりも先に口を開こうとした。だが驚いたことに、仁吉が承知しなかった。

「駄目です。こちらの話を大人しく聞けないのなら、出て行って下さい」

仁吉と秋英が、正面から見合う。しかしそれを目にした若だんなは、布団の中で小さく首を振った。

(万物を知る妖を、目の力一つで押さえるには、秋英さん、千年程時が足りないよ)

秋英が黙り込み、仁吉は、今回の祟りをいかに終わらせるか、さっさと心づもりを言い始める。

「今回、我らが片付けねばならないのは、東山さんの件です」

祟りだと言われている困り事は、二つ。一つは、東山は南山の子であるという噂だ。

「しかし、前にも言ったように、この件はただの噂だ。証が出ることはないので、放っておきます」

そしてもう一つの困り事は、東山が、先代上川屋の子であるという話だ。

「こちらの話にも、証はありません。また、これから見つけるのも、難しいでしょう」

東山が拾われたのは、二十年近くも前の話なのだ。ただ。

「この話には金が絡《から》んでいるので、このまま放っておいても、収まりません」

東山が、先代上川屋の子であると決まると、上川屋の財は、そっくり東山が受け継ぐことになる。今の上川屋には、妻も子もいないからだ。

それを上川屋の親戚達が、大人しく承知するとも思えなかった。東山が上川屋と関わった途端、嫌な噂が上野に流れたのも、祟りのせいばかりだとは思えないのだ。

「ならば、証は出てこないということを前提に、事を何とかせねばなりません」

仁吉の言葉に、寛朝や南山、妖達が頷く。

「つまりこの件は、上川屋が欲しい親戚の誰かとの、争いだな」

「ひゃひゃっ、屛風のぞき、店の財をそっくり引き継ぐ気でいる親戚は、誰だと思う？」

子のない店主が、身内から養子を取るというのは、良くある話であった。しかも近い血縁から、跡取りを取らねばならないという決まりはない。金次が笑った。

「親戚全員が、敵方ってわけじゃなかろうさ。仙太が流した祟りの噂に乗って、上川屋の財を狙《ねら》ってるのは、誰なんだろうねえ」

仁吉が頷いた。

「敵は誰だか、はっきりさせようと思います。そうすれば、いかようにも手は打てます」

言い切った仁吉の向かいで、寛朝が首を傾《かし》げる。

「つまり……仁吉、どう動く気なのだ？」

仁吉はここで、若だんなが思いもしなかったやり方を、示してきた。

「南山さん、上川屋さんは、先代そっくりな東山さんを、探していた先代の子だと、既に信じているんですよね？」

頷いた南山に、上川屋へ、一つ考えを示して欲しいと、仁吉は言い出した。

「東山さんを、養子にしてはどうかと」

「は？」

南山が目を皿のようにした。寛朝達は、呆れた様子で言った。

「先代の子だとの証を見つけるのと、養子にするのと、どう違うのだ？　親戚らは同じように、反対するだろうに」

「上川屋は、今の上川屋さんの身内が、代々受け継いできた店ではありません。先代から預かっている店です」

つまり上川屋が、先代を思い起こす東山を気に入ったゆえ、養子にして継がせることにしたと言えば、それで通る気がするのだ。

「養子を取るのに、証など必要ありませんから」

もちろん町役人へきちんと挨拶《あいさつ》をし、諸方へ寄進など、することになるかもしれない。

「でも上川屋は、裕福だと言いますし。大丈夫でしょう」

親戚達は、当然反発する。自分達も、知り合いの町役人や僧侶《そうりょ》を味方に付け、反対してくるだろう。いや、もしかしたら。

ここで仁吉が、うっすらと笑った。

「東山さんが夜道など歩いていたら、襲ってくるかもしれませんね。これは、大きな財が掛かっている話なんですから」

すると、いままでは大人しめに聞いていた妖達が、一斉に声を上げた。

「ひゃひゃっ、襲ってくれたら、助かるんじゃないか？　うん、そうなったら嬉《うれ》しいさ」

「そうですね、おしろもそう思います。何年も親戚達と揉め続けるより、ここで正面からぶつかって、敵の名を知った方が、東山さんも楽ってもんでしょう。白黒つくから」

「きゅんいーっ、大騒ぎ」

「真っ暗な道で襲われても、我ら妖は夜目が利《き》くから、東山さんを助けられるぞ。ただ、この屏風のぞきは、水が苦手だ。だから東山さんが堀に落ちたら、放っておくけどな」

面白いことになった。東山が跡取りとして、周りから認められる前に、親戚の誰かが、きっと襲ってくるに違いない。妖達が沸いた。

「人を殺してでも財を欲しがる誰かを、あぶり出すってわけだ」

勝手に盛り上がっている皆を尻目に、寛朝と南山は顔を見合わせた後、仁吉へ目を向けた。

「おぬし、東山を餌《えさ》に使う気だな」

「妖達に、交代で東山さんを見守ってもらい、襲って来た相手を捕らえるんですよ。奉行所へ突き出すつもりです」

そうなればもちろん、残りの親戚達も黙るはずと、仁吉は言い切った。

「襲った者の仲間と奉行所に思われたら、己の身が危ういですから」

つまり、東山は上川屋を継げる。先代の本当の子かどうかなど、もう考える必要もなくなるわけだ。寛朝は渋い顔のまま、頷いた。

「だけどねえ」

ここで南山が、眉尻を下げつつ仁吉を見た。そして、何故か困ったように話を続ける。

「そうやって店を継いで、東山はやっていけるのかね？」

もちろん店を継ぐとなったら、南山が還俗《げんぞく》させるから、東山は、商人にはなれるだろう。だが。

「上川屋は、仏具屋だ。寺相手の商売だから、商いの相手は限られる。商売仲間も、長く商っている店がほとんどだよ。仲間の店のことを、良く承知している者ばかりだね」

そんな中で、上川屋の財を巡って、奉行所に捕まる者が出たら、何と思われるだろうか。

「それに東山には、この南山の子だという噂が残っている。それは消しようがない」

つまり、本当は先代の子でもない東山が、上川屋を奪ったと考える者が、必ず出ると思われるのだ。東山を襲った親戚達の方へ、同情を向ける者すら現れるだろう。

「東山には、上川屋さん以外、頼れる者がいなくなるだろう。あの子はこれから、一から商売を覚えていくことになるのに」

もし万に一つ、上川屋が病で、早くに身《み》罷《まか》ったりしたら。

「店は一気に潰《つぶ》れるだろう」

商売仲間は、胡散臭《うさんくさ》い噂に包まれている東山を、助けてくれないに違いない。

「我が弟子は、幸せになれるんだろうか」

南山が、長年育ててきた弟子を、我が子のように案じ始める。だが不機嫌な兄や達は、今日、優しい言葉など返さなかった。

すると若だんなはここで、久方ぶりに身を起こしたいと口を開いた。仁吉達が慌てて羽織を用意している間に、布団の上に身を起こす。それから僧三人の方を向くと、若だんなは眉尻を下げた。

「東山さんらの難儀を何とかしてほしいというのは、寛朝様の意向ですよ」

しかもその後、天狗の名を出し、おぎんの話に繋《つな》がってしまった。

「南山様が、東山さんのことを案じているのは、分かります。でも、ですね。おばあ様の名を出して、仁吉が動くことになったのは拙《まず》かったです」

おぎんは下手をしたらあと百年、岩屋から出られないかもしれないのだ。

「兄や達は、そうなってしまうのを、本当に心配してました。なのに寛朝様達は、東山さんのことにだけ、心を痛めるんですね」

無理強いをしたから、無理矢理な話を呼んだのだ。若だんながそう語ると、弟子の秋英が、それは冷たい目で師を見たものだから、寛朝が久方ぶりに見るほど顔を赤くする。

　そして、直《す》ぐに頭を下げてきた。

「済まぬ、もっと良く考えて、語るべきだった。妖の理《ことわり》は人とは違うのだ。それを、片時も忘れるべきではなかった」

　僧であるのに、考え無しのことをしたと、詫びが続く。寛朝は、もう一度深く頭を下げてから、妖達に甘える気持ちがあったのだなと、つぶやくように言った。

「妖達は、長生きで、術を使う者も多い。己で成すべきことでも、つい頼りたくなっておった」

　妖達と縁が深いのに、それでもなお寛朝は、今もこんな馬鹿をしでかしてしまう。

「人とは弱く、己に甘い。己もそうだと、わしは肝に銘じておかねばならん」

　三回目に頭を下げた時、小鬼が何と、寛朝のはげ頭に飛び乗った。それから見事に滑ると、笑い声を上げる。

　滑り落ちた小鬼を、屏風のぞきが手で受け止め、呆れた声を出した。

「恐ろしい奴《やつ》。妖封じの御坊《ごぼう》で遊ぶなんて」

　だが当の小鬼は、何がいけないのか分からないようで、手のひらの上できょとんとしている。

「やれ、鳴家が一番強いみたいだ」

若だんなが笑い出し、南山がほっとした顔になる。兄や達二人は、まだ厳しい顔つきをしていたが、それでも黒目は丸い形に戻っていた。

若だんなはここで、ごほんと咳《せき》を一つしてから、これからのことを語った。

「あの、上川屋と東山さんを、どうするかという話ですが」

それを決める前に、一番にやって欲しいことがあると、若だんなは口にしたのだ。

「はて、何を？」

「南山様、東山さんが何を望んでいるのか、それをまだ、伺ってません」

東山は、先代の上川屋のことを、どう思っているのだろうか。皆が考えているように、還俗したいのか。裕福な仏具屋を、継ぎたいと思っているのか。

それでことが進むのなら、今の上川屋の養子になってもいいと、思っているか。

「まだ何一つ、我らは知っておりません。こちらに妖がいるので、話をする時東山さんには、いつも座を外して頂いてましたから」

「おや、そういえば、そうだったな」

南山が片眉を引き上げる。今更そのことに気づいたようで、皆が顔を見合わせた。

6

寛朝が、弟子に叱られつつ広徳寺へ戻ってから、七日ほど経《た》った日の夕暮れ。東山は師、南山の言いつけで、上野にある他の寺へ使いに出された。

真正寺の近在には、寺や、寺と似た広さの武家屋敷が並んでいる。つまり道の両側は、どこまでも塀が続くばかりであった。

暮れてくれば一層静かで、真っ直ぐな道の前にも後ろにも、人の姿はない。塀の前は長く続く影となっており、薄闇《うすやみ》が今にも町を、丸ごと包もうとしていた。

するとじき、一人歩く東山の口から、少し疲れたような言葉が漏れ出てくる。東山は少し前、南山や寛朝と、上川屋の件で話を交わしたところなのだ。

「上川屋さんについて、何だか妙な噂が聞こえていたし。だからきちんと自分の考えを、師へお伝えできたのは良かった」

「きゅいきゅい」

東山の意向は、はっきりしていた。今更、商人になるつもりなどないのだ。

「もし先代の上川屋さんが、わたしの実の親だったとしても、だ。とうに亡くなっているとのことだし」

東山が、迷子になる前の暮らしに、戻れることはないのだ。己《おのれ》が先代上川屋の子で、迷子にならなかったとしても、親が亡くなった時、一人で店を守れたとは思えない。今の主《あるじ》である上川屋がいなくては、店を続けることも、裕福だと言われることも、なかったに違いないのだ。

「だから上川屋は、今の上川屋さんのもの。そういうことで、いいと思うんだが」

なのに嫁ももらわず、先代の子を探し続けている上川屋は、本当に情の厚い、ありがたいお人だと、東山は感じていた。

「これから嫁御をもらうなり、養子を取るなりして、上川屋さん、身内を持てたらいいですね。真正寺もあのお人と、この後もご縁を持ち続けたいものだ」

師である南山が、寛朝のように切れ者であれば、縁談の一つも湧《わ》いて出るところだが、どうも己の師には、のんびり、ぼんやりしたところがある。

「いや、師は立派だ。迷子の私を拾ってくれた、親同然のお方なんだ」

東山は師を尊敬しているのだ。ただ。

「師はなぁ、賊に襲われ、命が危うくなっても、それに気が付かぬようなところがあるから」

危なっかしいと、東山は常々、不安に思っているのだ。だから。

「寺を出るなど、とんでもない」

師はこの後、年を取っていく。

「今後はこの東山が、師を守って差し上げねば。私は一層、修行に励むべきだ」

「きゅんわ」

どこからか家が軋《きし》むような、笑い声のような音が聞こえ、東山は首を前後へ巡らせる。

すると、その時。東山が歩いている道の、後ろの方に、珍しくも誰かの姿が見えた。逢魔《おうま》が時《とき》にさしかかった、暮れゆく刻限だから、家路を急いでいるのだろうと、東山は気にもせず、また歩んでゆく。

そして、また独り言をつぶやいた。最近くたびれることが続いたが、良い事もあったのだ。

「長崎屋さんとの縁ができた。しかもその縁で、真正寺とは比べものにならないほどの大寺、広徳寺の僧寛朝様にご挨拶ができた」

嬉しかったと東山は微笑《ほほえ》む。その上、だ。

「お前さんは、秋英さんと気が合ってたな」

「ああ、良いお方で……えっ？」

東山は慌てた顔で辺りを見回したが、かなり離れた所に、人の影があるばかり。近くから話しかけてきた者などいない。人声は空耳かと首を傾げ、東山はまた歩み始めた。

すると、だ。道の後方で、薄闇に紛れるようにして動きがあった。東山と同じ道を歩んでくる者が、二人に増えたのだ。少しずつ夜が深まる中、東山はもう、後ろを振り返ることもない。

「秋英さんは、名僧と名高い寛朝様が認めた、唯一《ゆいいつ》の弟子なのだ。近い年頃なのに、あの人はこの上野で、その名を知られてきている」

できればこの先も、会える機会があると嬉しい。色々語りたい。東山は歩みつつ頷く。

「ならば我らの事も、知らねばなるまいて」

「えっ？　誰だ？」

東山が足を止めたその時、東山の体が不意に、横の道へ引っ張られた。真正寺は真っ直ぐに行った先にあるのに、だ。まるで、闇に吸い込まれでもしたかのように、突然道から逸《そ》れてしまったのだ。

「ありゃ？」

すると、後ろから来ていた二人が、小走りに駆け出した。一気に東山がいた角地へ駆け寄ると、曲がる手前で止まる。そしてそっと、小道の先へ目を向けた。

ところが。

「何だ？　誰もいないぞ」

塀の角から、今度は身を乗り出すようにして小道の先を見たのは、三十路《みそじ》ほどの男達であった。どちらも長どすのような一振りを手にしているが、構えはとんと決まっていない。

すると、だ。濃くなってきた闇の内から、思いがけない言葉がまた湧いた。

「こいつら、やっぱり商人だよ。あんな刃物なんか握ってるけどさ」

「あれで東山さんを、脅す気だったのかね。お前なんか、跡取りとして認めないって。いや、それとも切りつける気だったか」

「かもな。だってさ、東山さんの考えを聞いた南山さんが、上川屋さんへ頼んだからね」

夜に包まれた幾つかの声は、笑うような響きを帯びていた。

「東山さんは、商人にはならない、寺へ残りたいって言ったんだ。なのに南山さんときたら、東山さんが聞いたら魂消《たまげ》るようなことを、上川屋さんへ頼んだ」

「東山さんを、養子にすると決まった。周りにそう言ってみてくれと、南山様はお願いしてましたね」

「ひゃひゃっ、試してみりゃ、分かるもんな。実際東山さんを引き取ったら、周りの者達が、どう動くかが、さ」

上川屋が、まずは店で、養子を迎える話をした時、奉公人達は意外な程、落ち着いた顔をしていたらしい。近所の者や仏具屋仲間も、驚いてはいたが、型どおりの祝いを言ってきたという。

「だがだが、親戚《しんせき》達は違ったぞ。引きつった顔で、上川屋を見ていたそうな」

「きゅいきゅい、でも反対、しなかったよ」

鳴家は偉いから、知っているのだ。

「そりゃ、きっと、とうに腹を固めていたからだな」

「何をする気だったんでしょうね」

「そりゃあ、今、手に握っている長どすを、振り回したかったんだろうさ」

いっそ東山を、ずんばらりんと切り倒せたら、小道にいる二人は、すっきりするに違いない。

「ひゃひゃっ、鮪《まぐろ》をさばく気じゃあるまいし。旅に出るんでもないのに、あんな刃物を手にする訳なんて、限られてるわな」

つまり、だから間違いなく、夜道に立つ二人は上川屋の身内なのだ。ただし、だ。

「人を切ったら、誰であれ、人殺しになっちまうよ」

捕まれば己の首の方が飛んで、三尺高い場所に晒《さら》されるかもしれない。

「上手《うま》く逃げられるなんて、思わないことです」

「きゅい、きっと、捕まる」

「悪事から引き返しな。今のうちだ」

「こんなことを言ってあげるなんて、あたしらは優しいですねえ。ええ、本当に」

どすを手にした二人は身構えていた。もう、先も見えないほど暮れてきているというのに、声しか聞こえない相手を、刃物で脅そうとしているのだ。声も張り上げてくる。

「この声はきっと、東山と、あいつの仲間だな。そうに違いない。上川屋の財を、何としても手に入れる気なんだろ」

「あの、南山という坊主《ぼうず》の差し金だろ。そうはさせねえ」

すると。二人がいる道の、直ぐ先の闇から、誰かが駆け出した音がした。どすを握り直した二人の男は、抜き身を持ったまま、その音を追う。

「きゅい、二人、馬鹿《ばか》」

足音は上野の闇の中を、右に曲がり、左へ逸れ、角を曲がると、同じような塀脇《わき》の道へ出る。その内、どこを駆けているのか、己達にも分からなくなったのだろう、二人の走りが遅くなった。そしてじき、塀に挟まれた場所で、二人は止まってしまったのだ。

「東山め、一体、どこへ消えやがった」

「ふんっ、幽霊じゃねえんだから、消えはしねえ。この近くにいるはずさ」

今夜の内に、東山との勝負を付けねばならないと、男らはうなずき合った。長どすを持った者に、上野の夜道を追われたなどと、東山から町役人へ伝えられるのは、都合が悪いらしい。

その時たのしげな声が、また闇の中に響いてくる。一帯は既に、一面に黒かった。

「ふふふ、今夜の話を聞いた者が、どっちの言い分を信じるか、分からないからねえ」

「道のどん詰まりの方から、声が聞こえたぞ。あの坊主、角の向こうにいる筈《はず》だ」

二人の男が揃《そろ》って、正面に見える白い塀へ突進していく。壁の前で、道は左右に分かれていた。

「右へ行ったか？　左か？」

力を示すかのように振った長どすが、夜の中で光を弾《はじ》く。男らは壁の前へ行き着くと、恐ろしいような顔で辺りを見回した。

すると、直ぐに足を止め、目を大きく見開いた。絞り出したような声が、震えている。

「あっ……しまった」

二人はその時になって初めて、己達の長どすが、何の明かりを弾き返していたのか、承知したのだ。角地に明かりがあったから、夜の中、近くの白い塀が、浮かび上がって見えていた。

「拙い……辻番《つじばん》があったのか」

再び、笑うような声が沸き上がる。

「鳴家、分かるか？　辻番所は、このお江戸を守るため、辻に設けられた番所のことだ」

江戸には諸国から人が集まる。辻斬《つじぎ》りや賊など、恐ろしい輩《やから》も集まってしまう。

「きゅい？」

「だから辻番は、大概の、武家の屋敷町にあるのさ。ひゃひゃっ、この辺も武家地だわな」

おまけに、だ。今、角地に見えているのは、最近、町人を雇っている事も多い、組合辻番とは違う。大名が己で設けている、一手《いって》持《もち》辻番というものであった。

自分達はちゃんと調べておいたのだと、自慢げな声が続く。

「つまり、だ。中にはお侍が詰めてる。もちろん、夜だって人がいるんだ」

さて、そんな辻番の直ぐ側《そば》で、夜、抜き身のどすを振り回したら、どうなるか。

「兄やさんが、試してみたいから、あいつらを辻番へ連れていけって言ったんだわ。うん、そんな事をして捕まったら、親戚達はお侍に、賊と間違われるとあたしは思う」

夜の底から湧き出す声が続いている間に、早くも辻番所の中から、侍達が顔を見せてきた。どすを放り出した二人の男は、一気に顔を引きつらせると、夜道を死にものぐるいで逃げ出してゆく。

曇っているのか、星明かりも見えない夜であった。だから上手くいけば二人は、闇の中へ消えて行けたかもしれなかった。

しかし。

先を行く男が、足を摑《つか》まれでもしたかのように、急に蹈鞴《たたら》を踏んだのだ。一人が転ぶと、後ろの者も巻き込まれた。

立ち上がる前に、二人は侍達の手で、体をしっかりと押さえ込まれていた。笑うような声が、わずかに聞こえ、消えていった。

7

祟りの一件が終わり、長崎屋の妖達が、離れで楽しく宴を開いてから、三月も経った。するとある日、珍しくも広徳寺の寛朝が、長崎屋の離れを一人で訪ねてきた。

「これは、お珍しい。寛朝様、どうなさいました？」

江戸でも名の聞こえた名僧が、供も連れずにいたので、兄や達が揃って問う。すると高僧は、最近弟子の秋英が怖いので、久方ぶりに息抜きに出たのだと、正直に言ってきた。佐助が、にやりと笑う。

「ははぁ、先だって馬鹿を言った件、未《いま》だに引きずっておられるんですね」

「秋英は立派な弟子だが、時々堅すぎて、かなわん。あれでは先々、寄進を集めるのに困ってしまうわ」

寛朝は勝手に決めつけると、若だんなへ知らせておくべき事があると言い、長火鉢の側に座り込む。そして、いよいよ上川屋のことに、きっぱり答えが出たと告げた。

途端、妖達が沢山、離れへ現れてくる。

「ひゃひゃっ、あの東山さんが、上川屋を継ぐ話になったのかい？」

「おしろは上川屋さんが、別の人を、養子にもらうことになったと思います」

もちろん親戚以外の、誰かに来てもらうのだ。上川屋の親戚は、先だって辻番で捕まり、危うく首が飛ぶところであった。

しかし、兄や達から知恵を授けられた上川屋が、身内を救った。親戚達は酔って、旅をするときに使った長どすを持ち出し、振り回していただけだと、強引に言い張ったのだ。そして、そういう話で終わらせる為《ため》、方々に頭を下げ、金も使ったわけだ。

「おかげで親戚達は、上川屋に頭が上がらなくなって、大人しくなった。兄やさん達にかかったら、あの親戚達、赤子同然だわ」

寛朝の言葉を聞くと、仁吉が柔らかく笑い、何故だか鳴家達が胸を張っている。今日は寝付いていなかった若だんなは、それで東山の件がどういう話に落ち着いたのか、先を聞きたがった。

すると、おぎんの無茶から始まった話は、思わぬ所へ至っていたのだ。

「じつは、な。当代の上川屋さんだが、先日得度した」

つまり、坊主になったという。

「は？　その、なんでまた」

余程意外な話だったから、皆の顔が一斉に、寛朝を見つめる。名僧は、上川屋にとって得度が、一番幸せな結末だったのだと話を続けた。

「若だんな達は、承知しておろう。あの若い僧東山は、上川屋を継ぎたいとは思っておらなんだ」

己が先代上川屋の実の子だろうが、違おうが、同じだ。当人は僧でいたかったのだ。

「一方、先代とそっくりな東山さんのことを、今の上川屋さんは間違いなく、残されたお子だと思っているようだった」

しかし東山が、探していた子だという確かな証《あかし》は、今もってみつかっていない。

「それで、だ。上川屋さんは、思わぬ手に出たんだよ」

何と、親戚の内で一番真っ当で、裕福な家から妻を迎えていた男に、上川屋を売ったのだ。親戚達の意向にそった形で、店の先々が決まったので、身内らはもちろん承知した。

ただ上川屋は店を売る前に、倉にあった金を大方、寺へ寄進していた。それゆえ、いい年をした男が、あっさり仏門へ入ることを許されたのだ。

「落ち着いた先は、もちろん東山さんのいる、真正寺だ」

「何と、思い切りましたね」

兄やや妖達が、目を見開いている。しかし寛朝によると、先代から預かった店を肩から下ろし、上川屋はほっとした顔になっていたという。

「ああ、上川屋さんは今、西山《せいざん》さんと名を変えたらしい。弟子同士の名が西と東とはな。覚えやすいことだ」

ここで若だんなが、寛朝へ茶を勧めつつ、静かに頷いた。

「上川屋さん、長年探している間に、先代の息子さんを、我が子のように思われていたんでしょう」

だから死ぬまで東山の側で、暮らすことにしたのだろう。寛朝が頷き、高僧らしく、ゆったりと笑った。

「うん、上川屋が幸せに思うのなら、それで良い。真正寺が万金の寄進を受けた事にも、意味はあろう」

広徳寺にも、幾らか寄進しても良かったのにと寛朝が言い、相変わらずの方だと、妖達に呆《あき》れられている。

するとこの時屏風《びょうぶ》のぞきが、騒ぎが終わってみると、仙太も役に立ったと言い出した。

「あいつが東山さんに祟ったおかげで、上川屋さんの事にけりが付いた」

ならば、おぎんだけでなく、仙狐も少しは早く、岩屋から出してもらえても良かろう。屏風のぞきは最後に、そう付け足したのだ。

若だんなも、仙狐を岩屋から出す話には、直ぐに頷く。だが、一つ思い違いもあるようだと言って、屏風のぞきを見た。

「はて、どこがおかしいんだ、若だんな」

「あのね、仙太の祟りのことだけど」

仙太は確かに、仙太の祟りのことだけど」

仙太は確かに、おぎんのことを怒っていた。だから、孫である若だんなの縁者、東山に祟ったと言った。それで大騒ぎになったのだ。

だが、しかし。

「本当に祟ったかと言うと……どうかな」

「えっ？　どう違うんだ？」

そもそも、若だんなと繋がりの少なかった東山に、まず祟ったということが、奇妙な話であった。

「どうして東山さんを選んだのかと、私はずっと不思議に思ってたんだ」

そして話が穏やかに終わった今、若だんなには、分かったことがあるのだ。

「それは」

「きゅんい？」

「祟りなど、そもそもなかったと思うんだ。だってさ、東山さんが誰の子かっていう騒ぎだけど、あれ、祟りとも思えないんだけど」

今回の騒ぎで、一番とんでもないことになったのは、実は上川屋の親戚達であった。若だんなとは、さっぱり縁のない者なのだ。

「仙太は私に祟りたかったけど、祟ることができなかったんじゃないかな。その力が無かったんだと思う」

「ええっ？」

しかし、おぎんに思い知らせてやりたかった仙太は、一計を案じた。若だんなと縁のある誰かが、困り事を抱えたと耳に挟んだ時、それは己が祟ったせいだと、話をこしらえたわけだ。

「……」

「まあ、祟りという言葉を聞いて、長崎屋の皆が揃って動くことになったんだ。仙太としては、おばあ様の縁者に一泡吹かせ、気分が良かったんじゃないかな」

　若だんなは笑って、仙太も気が済んだだろうと言ったのだが、ここで仁吉が目をまた、針のように細くしてしまう。佐助も何故だか、怒っているようであった。

「いや、若だんなの考えに、間違いはないでしょう。あの阿呆狐《あほうぎつね》、何としてくれようか」

「そのせいで若だんなが疲れて、上野で寝込んでしまったのですよ」

　寛朝が、皆で一杯食わされたのかと笑ったものだから、騒ぎが大きくなった。

「こうなったら、仙太の所行を荼枳尼天様へ告げ、心づもりの三倍ほど、岩屋へ閉じ込めておかねばなりません。寛朝様、これ以上笑い続けていると、仙太と一緒の岩屋へ、放り込みますよ」

　仁吉がそう言い出したので、慌《あわ》てて若だんなが止めに入る。離れは騒がしくなった。

「しまった、仙太のことは黙っておくべきだったね。どうやったら、この場が収まるのやら」

「きゅい、若だんな、また宴会したら、喧嘩《けんか》、なくなる」

　小鬼達が、今日は葱鮪《ねぎま》鍋《なべ》にしようと言い出すと、本当に部屋が静かになったので、若だんなが笑い出した。

「じゃあ、鮪を買いにいっておくれな」

「葱鮪鍋か。般若湯《はんにゃとう》が必要だな」

「寛朝様、長崎屋で、飲み食いしていくつもりかい？」

「屏風のぞき、今日はきっと、神の庭の話まで聞けるからな。滅多にない機会だ」

おぎんのことなど、それは沢山の話が交わされる一日に、なりそうであった。

「ものは言いようだな」

妖《あやかし》達が笑みを浮かべる。鳴家達が機嫌良く、きゅわと鳴いた。

恋の闇
三春屋栄吉

1

長崎屋《ながさきや》は、江戸でも指折りの繁華な通りに建つ、廻船問屋《かいせんどんや》兼薬種《やくしゅ》問屋だ。店の奥にある離れには、昔から妖《あやかし》達が巣くっており、若だんなと共に、のんきに暮らしていた。

ところが、ある日のこと。若だんなと妖達は、一つの文をきっかけとして、縁談の騒ぎに巻き込まれてしまったのだ。

それは、若だんなの許嫁《いいなずけ》である於《お》りんの父、中屋《なかや》の縁談から始まった。

縁談話は次に若だんなの友、三《み》春屋《はるや》の栄吉《えいきち》へと転がった。

そして、栄吉の縁談相手である札差《ふださし》白柳屋《しろやなぎや》と、同業の黒松屋《くろまつや》の縁談が、絡《から》んできた。

更にその縁談の山には、妖、山姥《やまんば》までが関わっていたのだ。

ある暖かい日の、昼過ぎのこと。若だんなは離れで、中屋の於りんから届いた文を読むのに、難儀していた。

朝方、こほんと一つ、咳《せき》をしてしまったため、兄《にい》やの仁吉《にきち》と佐助《さすけ》は、布団《ふとん》ほどもある綿入れを三枚も着せてから、店へ向かったのだ。重なった袖《そで》が邪魔になり、若だんなは文を上手《うま》く摑《つか》めずにいた。

すると、付喪神《つくもがみ》の屛風《びょうぶ》のぞきが現れ、文を取ると、さっさと声に出して読み始めた。

「一太郎《いちたろう》さんへ。久しぶりに文を出します。於りんです。手習いのお師匠様に、字が綺麗《きれい》になったと褒められましたが、いかがでしょうか」

そこまで読むと、小鬼の鳴家《やなり》達が部屋へ湧《わ》いて出て、辺りを見回し始める。

「きゅい、於りんちゃんだ。鳴家は一緒に遊ぶ」

なのに、どうして於りんが離れにいないのかと、小鬼達は文へ手を伸ばし、首を傾《かし》げている。屛風のぞきは、邪魔な小鬼を指先ではじき飛ばしてから、また読み始めた。

「今日、若だんなへ文を出したのは、変な噂《うわさ》を耳にしたからです。おじから聞いたのですが、今、おとっつぁんには、後妻さんをもらう話が来てるんだとか」

「おやおや」

若だんなと屏風のぞきが、顔を見合わせる。於りんの父中屋は、深川《ふかがわ》の裕福な材木問屋だが、最初の妻を亡《な》くし、二度目の妻とは離縁していた。それで早くも、次の縁談が舞い込んでいるらしい。

屏風のぞきは、片眉《かたまゆ》を引き上げる。

「前のかみさんは、中屋へ戻りたがってるって聞いてるぞ。騒ぎにならないといいが」

するとその問いの返事が、何故《なぜ》だか離れの縁側からあった。障子戸が開き、貧乏神の金次《きんじ》と、猫又《ねこまた》のおしろが顔を見せてきたのだ。

「ひゃひゃっ、中屋の親戚《しんせき》達は、金をやたらと遣う前のおかみ、お末《すえ》さんに、戻って欲しくないんだよ。だから急いで別のおかみを、中屋へ据えようとしてるのさ」

何しろお末は、己《おのれ》の親が、一番大事なおなごであった。中屋にあった家財道具まで、里の借金の払いに使い、それを悪いとも思っていないのだ。

よって離縁されたが、中屋には子の初吉《はつきち》がいるため、まだ縁が残っている。おしろが横で頷《うなず》いた。

「中屋へ、新しいおかみさんが来ちまえば、お末さんも、諦《あきら》めるしかないですからね」

身内が落ち着かないのでは、於りんも大変だと、若だんなは溜息《ためいき》を漏らした。すると屏風のぞきが、にたりと笑う。

「確かに於りんちゃんは、新しい縁談を気にしてる。でも若だんな、その訳だがね、並のものじゃないようだぞ」

「おや、他に話があったの？」

若だんなは鳴家達と、文の先へ目を落とす。途端、声をあげてしまった。

「へっ？　中屋さんの縁談相手は……山姥なんだって？」

山姥とは山奥に棲《す》む妖怪《ようかい》で、人を食らうと言われている。火鉢に寄っていた貧乏神金次が、明るい声を上げた。

「ひゃーっ、中屋さんたら、鬼婆《おにばば》を嫁にするのかい。いや、山姥は化けるから、綺麗な顔をしていたりするが。でもなぁ、度胸の良いこった」

寝ている間に、嫁に食われかねないと、貧乏神は笑った。すると、離れにいた小鬼達が何匹か、山姥が攻めてきたと言い出し、母屋《おもや》の方へ逃げてゆく。若だんなは長火鉢の横で、首を振った。

「中屋さんが、本気で妖を嫁御にもらうわけがないよ。きっと相手の女の人に、山姥なんてあだ名が付いてるんだよ」

どこの仲人《なこうど》が、そんな相手を中屋へ薦めたのかと、若だんなは眉尻《まゆじり》を下げた。だが横で、金次があっけらかんと言い足す。

「あのさ、人のふりをして、江戸で暮らしてる山姥はいるぞ。あたしは二人ばかり知ってる。他にもいるかもな」

どちらも綺麗だが、片方は江戸で暮らしているのに、ちょいと人をつまんで食らいそうだから、怖いという。もう一人は山姥なのに、派手な着物好きで、目立つことを怖がらない。よって既に、寛永寺《かんえいじ》の寿真御《じゅしんご》坊《ぼう》も名を承知し、顔を顰《しか》めているそうだ。

「そういう山姥が、人との縁談を受けてもいいと思ったら、どうなるかな？」

中屋が、相手の本性を知らないまま、縁談を受けてしまうことはあり得る。

「ひゃひゃっ、もし山姥が中屋へ入ったら……於りんちゃんの身が危ないかなぁ」

「おしろは、まだ赤子の弟、初吉ちゃんが、一番危ういと思いますが」

「きゅい、山姥、ぱくりと食べちゃう」

小鬼が言い切り、若だんなは呆然《ぼうぜん》としてしまった。長崎屋の皆は、数多《あまた》の妖が人の顔をして、江戸の空の下で暮らしていることを、よく分かっているのだ。

「中屋さんの縁談相手が、本当に山姥なのか、一度、確かめた方が良い気がしてきた。うん、これから深川へ行ってこようかな」

時候の挨拶《あいさつ》に向かい、ついでに話を聞いてこようと、若だんなが立ち上がる。

だが深川へ行くどころか、離れから出る間もなく、若だんなの心づもりは終わりを迎えた。仁吉が、山姥を怖がって逃げた小鬼を連れ、離れへ駆け込んでくると、若だんなを火鉢の横に座らせたのだ。

「若だんな、聞こえましたよ。大風邪を引いているのに、遠出などとんでもない。風邪が酷《ひど》くなります」

「咳を一回、しただけだってば」

「若だんなが、中屋さんと会いたいようなので、佐助が、深川へ使いをやりました。中屋さんに、こちらへ来て頂きます」

明日にはおいで頂けるだろうと、仁吉はあっさり言う。

「えっ、何と言って中屋さんを呼んだの？」

「若だんなの見舞いに、来て下さいとお願いしました」

しかし、若だんなは於りんの許嫁だが、今まで見舞いを頼んだことなどない。長崎屋に来いと言われた中屋は、少々驚くだろう。

「ですから却《かえ》って、必ずおいで頂けると思います」

そこで若だんなから、後妻の話を問われれば、中屋は呼ばれた訳を得心する筈《はず》だ。

「ええ、若だんなが遠出をなさることは、ないんです」

「さすがは兄やさん達だ。やることに無駄がない」

まだ敵《かな》わないねえと屏風のぞきから言われ、若だんなはしゅんとして、火鉢の横で小さくなった。

「私が、深川へ行けば済むことだったんだよ。それくらい大丈夫だと思わないかい？」

「きゅんわ、お熱高くなる」

小鬼があかるく言い、他には誰も返事をしてくれなかった。

2

中屋は仁吉が考えた通り、次の日には長崎屋へ顔を見せてきた。そして於りんが、父親の縁談を心配しているのを知ると、若だんなや兄や達の前で明るく笑ったのだ。

「確かに、後妻の話が来ております。相手の方は、お万《まん》さんと言う方です」

本所に住む、後家だという。

「もちろんお万さんは、山姥ではないですよ。ただ、少々噂がある方だと、仲人さんは言っておいででした」

　なんでもお万は、着物が大好きなのだという。派手なので、周りにいるおなご達の評判が、よろしくないらしい。

「お、おや。山姥と噂がある後家さんは、着物好きですか」

　どこかで聞いた、山姥の話に似ているなと、若だんなはひやりとしてくる。中屋は若だんなの顔つきに気が付かないまま、先を語った。

「一度お万さんと会いましたが、華やかな方でした。それで周りがねたんで、妙な噂を立てたようです」

　若だんなは頷いたあと、少々気遣わしげに問うた。

「で、中屋さんは、そのお万さんを後妻さんになさるのですか？」

　すると中屋はあっさり、首を横に振った。何と既に、仲人へ断ったという。

「華やかなお万さんは、気の強いお人のようなので。中屋には、二人の子がおります。優しいお人でないと、なさぬ仲の子供らを預けられませんから」

　なに美人なら、直《す》ぐに他の縁がみつかるはずだという。

「ああ、話は終わってたんですね」

　それで中屋は於りんに、わざわざ話していなかったのだ。若だんながほっとしていると、近くにある影の内からは、ぼそぼそと声が湧いている。

（あのさぁ、そのお万というおなご、噂どおりの御仁《ごじん》じゃないのか？）

（屏風のぞき、この金次は、お万という名の山姥には縁がないよ。でもさ、知らない山姥が江戸に現れても、驚かないねえ）

（きゅい、お化け？）

（おしろが思うに、中屋さん、おなごの運が、悪いんじゃないですかね？）

最初の妻は、狐憑《きつねつ》きになったと言われ、亡くなった。二番目の妻お末は、店の金を、父親のために使いまくった。そして次に来た縁談相手には、山姥の噂がつきまとっている。

（どうして並のおなごと、縁がないんでしょう。どう考えても中屋さん、女運ないわ）

（中屋さんは、仲人の運もないように、場久《ばきゅう》は思います。大店《おおだな》の主《あるじ》には、これぞという良縁を持っていくもんですよ。何で仲人さん、妙な噂があるお人を勧めたんでしょうか）

妖達が同意し、影内から聞こえてくる声が大きくなる。若だんなは慌《あわ》てたが、中屋が目の前にいるのだ。妖達へ声をかけ、止めることなど出来なかった。

ところが、このとき影内の妖達が、いっせいに黙った。中屋が若だんなへ、思いも掛けない話を語り始めたからだ。

「そうだ、今日、若だんなにお会いしたら、聞いてみたいことがあったんです」

中屋は突然、三春屋の栄吉のことを、知っているかと問うてきたのだ。その話を聞いて以来話したいことがあったようで、若だんなは目を見開く。

「ええ、良く知ってます。私の幼なじみなんですよ」

「やはり、そうでしたか。仲人さんが栄吉さんの名を出したとき、以前、長崎屋で聞いた気がしたんですよ」

中屋は笑みを浮かべ、仲人が栄吉の名を承知しているのは、もちろん縁談があるためだと口にした。

「栄吉に、縁談が来てるんですか！」

「三春屋の栄吉さんという方は、それは素晴らしい婿《むこ》がねだそうですね。粋《いき》で鯔背《いなせ》、男前な上、大金持ちの跡取り息子だとか。凄《すご》い方なんですねえ」

「へっ？」「きゅべっ？」「あらま」「ひゃひゃひゃっ」

一瞬、離れに妙な声が満ちたが、中屋はそれに気づかず、話を語ってゆく。

「そんな栄吉さんの縁談相手ですから、相手の方も、江戸でも名の知れた大金持ちの娘さんだそうで。札差白柳屋の、お蝶《ちょう》さんだと聞きました」

人形のように、綺麗なお人なのだそうだ。よって縁談は必ず上手くいくはずと、仲人は嬉《うれ》しげに言っていたらしい。

「縁談をまとめると、仲人には礼金として懐《ふところ》へ、持参金の一割が入りますからね。札差の婚礼ともなると、実入りも並とは違うのでしょう」

中屋が縁談を断ると、ひどく渋い顔をしていた仲人だが、良い縁談が他にあるからか、早々に引いてくれたらしい。

「ほっとしました。栄吉さんに感謝です。ええ、それを言いたかったんです」

中屋はうなずき、じき、長崎屋から帰っていった。

すると、離れには数多の妖達が湧いて出て、栄吉の縁談話が語られだす。若だんなのために、佐助が茶饅頭《ちゃまんじゅう》を、大きな菓子鉢一杯置いたので、余計妖達の話は弾んだ。

「驚きましたねえ。栄吉さん、札差の娘さんを嫁にもらうんですね」

悪夢を食べる獏《ばく》、場久も部屋に現れ、高座で怪談が受けた時のように、目をきらきらさせている。本当に縁がまとまれば、白柳屋が金を出し、三春屋は大店になるかもしれない。

「山姥の事よりも、栄吉さんの縁談の方が楽しめますね」

「なんだい、その妙な言い方」

若だんなはもちろん、友が良縁を得たら嬉しいと思う。三春屋が、大金持ちの札差と親戚になったら、甘い恋の物語としてよみうりが書き立て、芝居にもなりそうだ。

しかし。若だんなは、今ひとつ喜べないのだ。その顔を見て、屏風のぞきが頷くと、湧き上がる疑問を皆へ語った。

「仲人が語った栄吉さんの話だけどさ、どうにも、本人とずれていなかったかい？」

直ぐに、おしろも話し出す。

「栄吉さんは、粋で鯔背な美男だって言ってました。けれど、ちょいと……大分違いますよねぇ。栄吉さんは良いお人だけど」

金次と小鬼も続ける。

「つまりさ、少々地味な栄吉さんが、どうやって、美人で金持ちの娘と恋仲になったのか、悩むんだ。若だんな、そこに引っかかってるんだろ？」

「きゅべ、栄吉さんはきっと、惚《ほ》れ薬、拾ったの。娘さんに飲ませたの」

場久は、怪談を得意とする噺家《はなしか》だからか、怖い言葉を重ねてきた。

「栄吉さん、大丈夫ですかね。怪談が最初、こういう不思議な話から入った時は、心構えが必要なんですよ。後でそりゃあ怖いことが、起きますからね」

お約束なんですと、場久が言う。

「この話は、どう転がるのかな。やはり恐ろしい結末に、なりそうですね」

「場久ったら。栄吉の縁談を何としても、怪談にする気かい？　止《や》めとくれな」

しかし、そう言う端から、若だんなの心に不安が募ってくる。

「中屋さんの縁談のことは、於りんちゃんへ文を書けば、終わりにできそうだ。でも栄吉の方は、どうしたらいいのかしら」

頼まれてもいないのに、人の縁談へ口出しするなど、やって良いこととは思えない。しかし友が、妙な縁に関わっていると思うと、どうしても心配になってくる。

「はあっ……」

思わず溜息が漏れた、そのときだ。

「若だんなが、悩んでるぞ。こりゃいけない。病が重くなる」

妖達は顔を見合わせたと思ったら、栄吉の縁談から、若だんなを救わねばと言い出した。

「みんな、私は病じゃないよ。大丈夫だから」

急いでそう言ったものの、何故だか妖達から、返事がない。

（もしかして……妖達は、栄吉の妙な縁談を、楽しむことに決めたのかもしれない）

若だんなは慌てて、もう一度止める。

「縁組みには、人の一生が掛かってるんだ。だから、勝手なことしちゃ駄目だよ」

なのに、今度も返事が無い。若だんなは押し寄せる不安に、本当に具合が悪くなりそうで、ぶるりと身を震わせた。

3

中屋が見舞いに来た翌日のこと。やはりと言おうか、若だんなへ断りもなく、妖達は動き出してしまった。

まずは仁吉が、若だんなの代筆という形で、中屋の縁談について記した文を、於りんへ出していた。

「寝込んだとき、兄やには、代わりに書いてもらう事も多いから。於りんちゃんも不思議に思わなかったんだろうな」

長火鉢の脇《わき》に座り、若だんなは溜息をついて仁吉を見る。だが当人は、しれっとした顔で、於りんからの返事を知らせてきた。

「縁談の心配がなくなり、於りんさん、ほっとしたようです。文使いの守狐《もりぎつね》が、礼の言葉を言付かってきました」

「ご苦労さま。でも仁吉、私の名で、勝手に文を書かないでよ。えっ？　同じような文を書いて、深川へ使いをやるつもりだったろうって？　そりゃ、そうだけど」

「ならば、若だんなが手間をかけずに済んで、良かったですよ」

若だんなが溜息を漏らしている間に、今度は小鬼が、縁談の件で自慢を始めた。

「きゅい、鳴家は分かってるの。栄吉さん、凄く変わった。大金持ちで男前に化けた」

つまり、だ。

「栄吉さん、きっと妖になったの」

小鬼達が言い切ると、離れの妖らが、真面目《まじめ》な顔で褒めている。栄吉が仲間になったという考えは、新しいというのだ。

「何だか、どんどん妙な話になっていくね」

肩を落とした若だんなへ、次におしろが声をかけてくる。

「わたしは蔵前へ行ってきました。栄吉さんの縁談相手、白柳屋のお嬢さんを見に」

「そんな所にまで行ったんだ。勝手をしたね……けど、その話、聞きたい」

若だんなが降参すると、おしろは嬉しげに語った。

「栄吉さんのお相手ですが、名はお蝶さん。大事に大事に育てられた、お嬢様ですね。それは綺麗なお人だってことです」

極めつきの箱入り娘だから、おしろは札差の店まで行ったのに、姿を見ることも出来なかったという。ただ白柳屋の奉公人達から、あれこれ聞き出すことはできた。

「綺麗なお蝶さんは、大層な面食いで、今は中村座の役者に夢中なんだとか。そのせいか、端から縁談を断っているそうです」

札差の家の小町娘に、未《ま》だ許嫁がいない訳を、おしろは簡潔に語った。

「つまりです、親御さんはきっと、娘の役者好みに手を焼いてますよね。だから」

そこへ、噂を聞いた仲人が、大いに見目良い男との縁談を、持ち込んだのではないか。おしろは、そう話をもっていった。

「困り切っていた親は、この機会に縁談をまとめようとします。つまりろくに栄吉さんのことを調べず、申し込みを受けるわけです」

仲人はきっと、その筋書きに賭《か》けたのだ。おしろがそう話をくると、屏風のぞきが顔を顰める。

「でも、本物の栄吉さんは、役者みたいな男ぶりじゃないぞ。どうするんだ？」

「ええ、だから、後で揉《も》める気がしますね」

若だんなが、また溜息をつくと、屏風のぞきは更に怖いことを言い出した。

「若だんな、あたしは仲人じゃなく、栄吉さんが芝居を打ったと思ってる」

どこかで札差の娘を見かけ、栄吉が惚れ込んだのだ。しかし今の三春屋では、お蝶を嫁にはもらえない。だから栄吉は、大店の若だんなのふりをしたのではないか。付喪神はそう言い出した。

「惚れたら、なりふり構わなくなるもんだからな。確かにさ、金持ちのふりでもしなきゃ、会うことも出来ない娘だろ？」

「それじゃ、相手を騙《だま》すことになるよ。札差相手にそんなことをしたら、岡っ引きどころか、同心の旦那《だんな》を呼ばれてしまう」

いよいよ心配がつのり、若だんなはここで立ち上がった。そして今度こそ己が先に立ち、妙な縁談を調べると皆へ告げる。

「だから兄や、動いたら病になると言って止めても、引かないからね。二人に隠れて、栄吉の縁談をこっそり調べる」

内緒で蔵前へ出かけもすると、当の仁吉と佐助へ言ったものだから、二人は奇妙な顔つきになってしまった。

「そこまで言って、どうやってこっそり、動くつもりなんですか」

困り切った様子の兄や達を見て、妖達がけらけらと笑い出す。おしろは苦笑をしつつ、蔵前に行くには、もう遅いと言ってきた。

「兄やさん達を出し抜くにしても、若だんな、明日の話ですよ」

「きゅい、きゅわ、その通り。鳴家、賢い！」

「なら明日は、必ず出かけるからね」

よって早めに床へ入り、早起きをすることにする。若だんなはいつになく、張り切っていた。

ところが。

朝、兄や達ではなく、小鬼らが起こしに来たのを見て、若だんなは口をへの字にした。

「兄や達はどこだい？　いないの？　つまり先に蔵前へ行って、己達で、ことを終わらせる気だね」

急いで布団から抜け出し、支度を始めたが、妖達も付いていったらしく、離れに残っていたのは居残り組の鳴家と、屏風のぞきのみだ。しかも紙入れを確かめたところ、足代《あしだい》を断つ気か、お金が無くなっている。

若だんなは真剣にふくれた。

「この扱いはないよ。栄吉は、私の幼なじみなのに。何で私が調べちゃ駄目なんだい」

文句を言っても、置いてきぼりを食らったことが、変わるわけではない。屏風のぞきが、ちゃんと食べるように言い、朝餉《あさげ》の膳《ぜん》を運んできたが、若だんなは腹を立て、食べなかった。

だがその振る舞いが、己でも情けない。その内、涙や鼻水が出てくる。自分がみっともないと思っても、止まらない。

「びょ、屏風のぞきの阿呆《あほう》っ」

八つ当たりだと分かっていて、そう言ってみたが、更に涙が溢《あふ》れた。しまいに、膳の前にひっくり返り、両手両足でばたばた畳を叩《たた》いてみたが、気持ちは収まらない。これでは幼子のようだと思うと、ますます落ち込んだ。

すると、横にしゃがみ込んできた屏風のぞきに、明るく笑われてしまう。

「若だんなは最近、随分と大きくなった気がしてたんだ」

先だって小鬼が、中屋へきちんと挨拶をする若だんなの様子を、皆へ伝えていた。まだ子供だとはいえ、於りんという許嫁も現れ、立派な長崎屋の跡取りに、なっていくのが分かった。

ただ。

「ちょいと寂しい気もしてたんだ。しょっちゅう寝てばかりいると思ってたら……気が付いたら、どこかへ行っちまうみたいで」

しかし、だ。

「今日の若だんなは、五つの子供みたいだな。前と同じだ。何だか可愛《かわい》いぞ」

少し、ほっとした。妖から、嬉しげな顔でそう言われると、恥ずかしくなって起き上がる。

すると膳が目に入ったので、若だんなは箸《はし》を手に取った。卵焼きを食べていると、屏風のぞきが飯の半分を茶漬けにしてくれる。流し込むように食べているとき、付喪神が、にやりと笑いかけてきた。

「若だんな、兄やさん達は今日、勝手をしたんだ」

若だんなが、出かける気だと分かっていながら、わざと置いていったのだ。ならば。

「あたし達も、勝手をしてみよう」

「えっ？」

「あたしと小鬼達が一緒に行く。舟を頼んで、出かけようじゃないか」

どこへと聞かなくとも、行き先は分かった。

「蔵前へ行って、私達が先に、栄吉を妙な縁談話から救うんだね」

「きゅいきゅいっ」

しかし、若だんなは茶碗《ちゃわん》へ目を落とすことになる。

「でも……出かけようにも、お金が無いよ」

「探せば、部屋内に転がってるだろ。金色は、鳴家のお気に入りだ。いつも小鬼達が、小判を玩具《おもちゃ》にしてるじゃないか」

「あっ、そうだった！」

箸を放り出し、棚の奥や文箱《ふばこ》の中などを探すと、小判や一分金、二朱金が、全部で十両ほども集まった。若だんなは大きく頷くと、残りの朝餉を、一所懸命食べ始めた。

屏風のぞきと離れを出て、舟をあっさり見つけた。場所を詳しく伝えられなくとも、蔵前の白柳屋へ向かうことも出来た。船頭は白柳屋の名を、よく承知していたのだ。

「若い男達が、浅草御《あさくさお》蔵《くら》近くの桟橋まで、舟を使ってくれるのさ。お嬢さんを、一目でいいから見たいんだと」

男ってぇのは小町娘に弱いねえと、船頭は笑う。

「きゅい、阿呆、いっぱい」

　己達も船頭に、その阿呆と思われたに違いない。若だんなと屏風のぞきは顔を見合わせ、苦笑を浮かべた。その後、隅田川を遡《さかのぼ》り、蔵前の御蔵近くまで行くと、先に船着き場へ寄った舟に、若い男が乗っていたので、思わず目を向けることになった。するど船頭が、あれは違うという。岸に上がった男の、足下を見ろと言ったのだ。

「ほら兄さん、あっちは草鞋《わらじ》を履いてるよ」

「ああ本当だ。あの兄さん、旅のお人かな」

「いくら小町娘でも、旅をしてまで会いには来ないさ」

　話している間に、背の高い若者は、大店脇の目立たぬ小道へ消えてしまう。

「おや、あの兄さん、この辺のお人かね」

　船頭はじき、軽い艪《ろ》さばきで舟を隅田川の岸へ寄せる。降りるとき酒手《さかて》をはずむと、親切に色々教えてくれた。

「小町娘のいる白柳屋さんだがね。ほれ、川から上がった先に、大きな通りが見えるだろ？　あれを南の方へ行った先にある店だ」

　札差の大店は何軒もあると言われたが、若だんな達はすんなりと、白柳屋を探し当てることができた。

何故なら、堀川の岸にいる内から、覚えのある声が聞こえて来たからだ。

「きゅわ、兄やさん達の声、する」

「兄や達、栄吉さんの縁談を調べにいった筈だよね。何でこんなに大きな声を上げているのかしら」

若だんなは屏風のぞきと、顔を見合わせた。

4

札差は、武家が幕府の米蔵からもらう扶持米《ふちまい》を、換金する商人《あきんど》だ。若だんなは随分前に、江戸でもお大尽揃《だいじんぞろ》いと言われる商人のことを、兄や達から教わっていた。二人は、大店の跡取りである若だんなへ、覚えておくべき事を、折に触れ語っているのだ。寺子屋では教えてもらえないが、店の主になるなら、分かっていなければならない事が、結構沢山あった。

「ただし教えてくれるのは、私が寝込んでいない時だけだけど。札差が大金持ちになった事情は、面白かったよ」

蔵前の道を歩きつつ、若だんなは屏風のぞきに語る。

「出入り先の武家が金に困ったとき、札差は利を取って、金を貸したんだって」

札差なら、禄《ろく》の米を担保に出来る。だから貸し倒れがほとんどなかった。それで財を成し、江戸で札差といえば、大金持ちだと思われるまでになったわけだ。

「札差になるには、札差の株を持つ必要があるんだ。株仲間は百軒ほどあったっけ」

確か森田町組、御蔵前片町組、天王町組の三組に分かれているはずだ。そして表向きはいざ知らず、仲が悪い店も結構あるという話をすると、付喪神はにやりと笑った。

「だろうねえ。同業ってことは、商売で競う相手だからな」

おまけにお大尽の札差だと、我慢とか遠慮とかいう言葉とは、馴染《なじ》みがなさそうだ。

「江戸のお大尽、札差方と付き合うときは、不仲な店を鉢合わせにしてはいけないって、仁吉に言われたよ」

仲の悪い大金持ち同士が出会った場合、場を収めるのに困るだろうことは、若だんなにも分かる。ただ。若だんなは仁吉の前で、首を傾げたことを覚えていた。

「だってさ、誰と誰が、本当は仲が悪いかなんて、どうやったら分かるのか、思いつかなかったんだもの。屏風のぞきなら分かる？」

「きゅい、喧嘩《けんか》する札差は、仲が悪い」

若だんなの胸元にいた小鬼が、嬉しげに言った途端、屏風のぞきが額を指で弾《はじ》いた。

「鳴家は阿呆か。人前で喧嘩をする大店の主なんか、いるはずねえだろ」

ところが、だ。兄やの声を頼りに、札差白柳屋へ行き着き、中を覗《のぞ》きこんでみたとき、若だんな達は目を見開くことになった。

「屏風のぞき、すごく身なりの良い二人が、相手の胸ぐらを摑んで喧嘩してるよ」

「周りにいる奉公人達が、止めかねてるなぁ。喧嘩中の二人は、奉公人じゃ、強くものを言えない相手ってこった」

つまり争っている片方は、主である白柳屋に違いない。そして似た身なりの喧嘩相手も、大店の主だろうと思われた。

「これじゃ当分、あの札差さんと話すことなんか、無理だねえ」

若だんな達は店の土間へ入り込むと、眉尻を下げつつ辺りを見回す。すると、だ。喧嘩の場から少し離れた奥に、仁吉と佐助の姿を見つけたのだ。

「兄や達がいた。さっきの声、やっぱり二人はこの店へ来てたんだね」

若だんなが、二人へ向け手を振る。

するとここで、思いも掛けないことが、起きてしまった。すぐ近くから、怒鳴り声が降ってきたのだ。

「てめえ、何奴《なにやつ》だっ」

雷に包まれたようで、若だんなが思わず身を小さくかがめる。喧嘩をしていたのに、札差は目ざとく、若だんなの姿を見つけていた。

「札差の店へ入ってきて、挨拶もせず、何やってやがるっ」

その時だ。風のように飛んできた兄や達が、怒鳴った札差二人を、羽交い締めにしてしまった。若だんなを護《まも》るとなったら、二人は手加減しない。ここが大店で、相手がその主でも、お構いなしであった。

「わぁ、拙《まず》い」

これでは騒動を起こすため、出かけたことになってしまう。とにかく二人をなだめるため、落ち着いた顔で立ち上がると、若だんなは札差達と向き合った。

「突然店へ顔を出し、失礼しました。私は廻船問屋兼薬種問屋、長崎屋の息子で、一太郎と申します」

名のって、きちんと頭を下げたところ、驚いた事に、羽交い締めにされている札差二人からも、驚く程落ち着いた返事があった。すると一寸《いっすん》遅れて、兄や達が腕を解く。札差達は口元を歪《ゆが》め、仁吉達を見たが、ここでまた怒鳴ったりはしなかった。再び羽交い締めにされるだけだと、一回で学んだに違いない。

更に、再び己達の喧嘩を、始めることもなかった。

「きゅい、お利口」

要するに、かなり手荒いやり方となったが、若だんなは札差達の喧嘩を、止める形になったのだ。奉公人達はほっとした顔を見せ、店表に座っていた武家の客は、苦笑を浮かべている。若だんな達を咎《とが》めてくる者など、誰もいはしなかった。


三春屋の名を出し、友、栄吉の縁談の件で来店したことを告げると、白柳屋は若だんな達を、あっさり奥の間へ誘った。

するとその時、兄や達と連れ立っていた金次が、自分はちょいと座を外すと、若だんなへ告げてくる。

「知り合いが表の道から、声を掛けてきたんだ。騒ぎの声を聞いて白柳屋を見たら、あたしを見かけたんだってさ」

会ってくるというので、若だんなは頷いた。

「お友達かな?」

誰にせよ、貧乏神との縁は、度胸のある者にしか作れまい。すると金次はにやりと笑い、相手の名を告げてきた。

「山姥だよ、若だんな。知り合いにいるって、先に言ったろ？」

「きゅい、聞いた」

「……そういえば、そうだったね」

山姥と貧乏神に縁を作ったら、食われるか、金をそっくり失うかを、選ぶ羽目になりそうだ。ぞくりとする話だが、しかしどういう知り合いか、詳しく聞く間はなく、若だんな達は白柳屋の奥へと向かった。兄や達やおしろ、場久、屏風のぞきらと共に、奥の部屋で白柳屋と向き合ったのだ。

白柳屋は落ち着くと、上方の商人のように、柔らかな物腰の男であった。だが中身は江戸っ子のようで、つい先ほどまで喧嘩をしていた相手までが、奥へ顔を見せてきても、追い出しもしない。

その上、若だんなが栄吉の縁談話を聞くと、仲人が持ちかけてきたのは確かだと、あっさり答えてくれた。更に、見合い話が来たとき、相手方のことを聞いて回るのは、よくある話だと、納得してもくれたのだ。

「長崎屋の話は、常々耳にしております。うちとご縁のあるお武家様の内、多くの方が、広徳寺《こうとくじ》の寛朝《かんちょう》様をご承知ですから」

「おや、寛朝様を通してご縁がありましたか」

だからこその、この扱いだと分かった。

「もっとも、縁談相手を調べるにしても、お友達が関わるのは、珍しいですが」

噂で、寝付いてばかりと聞いていたのに、若だんなは見かけによらず、大胆な性分のようだ。白柳屋は、はっきり言って笑った。

するとここで横から、喧嘩相手だった男が、白柳屋は見目より、遥《はる》かに厄介な男だと言ってくる。そして己も札差で、黒松屋だと名のると、喧嘩の事情を語り出した。

「黒松屋と白柳屋は同業だがね。先々代の頃から、そりが合わない間柄なんだよ。まあ札差は百近くもある。そういう家同士もあるわさ」

黒松屋は更に、若だんなが聞きたかろうと、白柳屋と三春屋の縁談についても、勝手に断じてくる。

「三春屋さんて菓子屋と、この白柳屋さんに、縁談があるのかい。けどね、決まる話とも思えないよ」

釣り合う縁ではなかろうと、黒松屋ははっきり言い切った。

「金が欲しい仲人が、礼金目当てで勝手に動いただけさね。三春屋なんて菓子屋、聞いた事もないわな」

「きゅべーっ」

縁談をまとめれば、仲人には礼金が入るので、様々な話が持ち込まれて来るらしい。商いに金が絡《から》んでいるから、それでなくとも己達札差の縁談は難しいのにと、黒松屋は口元をひん曲げる。喧嘩したばかりの白柳屋だが、この話には頷いていた。

「あら、栄吉の縁談は、礼金目当ての話なんですか」

目の前にいる白柳屋が、否《いな》とは言わないから、これが答えなのだろう。栄吉が、金持ちの息子に化けた事情ははっきり分からないまま、縁談話はあっさり終わり、若だんなは、ほっと息を吐《つ》くことになった。

5

それで用は済んだかにみえたが、黒松屋は、年頃の子を抱えた札差達の苦労を、誰かに語りたいようであった。

「おれ達は大変なんだ。今日だって息子のため、来たくもない白柳屋へ、来る羽目になっちまった」

「あのねえ、黒松屋さん。あの話、うちは関係ないと言ってるでしょ。来たくなかったんなら、さっさと帰りなさいよ」

「うるせえっ、白柳屋。おめえの言葉なんか、信用できねえ。なあ若だんな、聞いてくんな」

返事など待たず、黒松屋は先を語る。拳固《げんこ》は引っ込めても、札差達の喧嘩は、終わっていなかったのだ。

「少し前の話だ。高輪《たかなわ》大木戸の西から越してきた、仲人がいてね。さっそく縁談を、うちにも持って来たんだ」

それは、元から蔵前に住む仲人なら、決して考えない縁であった。なんと、白柳屋の娘お蝶と、黒松屋の次男半之助《はんのすけ》を一緒にしないかと、新参者の仲人は考えついたのだ。

「あらま、白柳屋さんのお嬢さん、縁談が重なってたんですね」

「他にも幾つか来てますよ。うちの娘は、小町娘なんでね」

黒松屋は、口をへの字にした。

「綺麗《きれい》だってこたぁ分かってる。うちの次男もいい男で、たっくさんの縁談が舞い込んでるから、親が大変だってのも同じだ」

半之助は、母方の両替屋や、父方の親戚《しんせき》である品川の料理屋からも、跡継ぎとして迎えたいと言われているらしい。だから次男だが、婿入り先ではなく嫁を探していた。

だが、しかし。

「白柳屋と黒松屋の間じゃ、縁談がまとまることはないってだけだ。よりにもよって、白柳屋の娘をもらわなきゃいけない理由なんか、一つもないからな」

「ええ、当たり前のことですね」

この話には、すぐに白柳屋も頷《うなず》く。若だんなは、連れの妖《あやかし》達と顔を見合わせた。

「おや、お二人の考えが揃いましたね。ならばどうして今日、喧嘩になったんでしょうか」

「そりゃ、決まってる！」

黒松屋が、奥の間で吠《ほ》える。

「お蝶さんとの縁談が来てからこっち、うちの半之助には、妙な文が来るようになったんだよ」

屋敷へ何度も届く文を不思議に思い、誰からなのかと、黒松屋は息子へ問うたことがあった。すると、思わぬ返事があったのだ。

「それが、解《わか》らないって言うんだよ。差出人の名は、書いてなかったってさ」

ただ書き手の意図は、はっきりしていた。綺麗なお蝶の亭主として、黒松屋の馬鹿《ばか》息子はふさわしくない。さっさと身を引け。そんな悪口が、書き連ねてあったというのだ。

「うるせえこった。誰だか知らんが、お蝶さんを好いてるなら、自分で縁談を申し込めばいいのにさ」

しかし黒松屋は、文の件でことを荒立てなかったという。白柳屋は同業で、札差の株仲間は天王町組だ。一方黒松屋は、御蔵前片町組なのだ。騒げば組と組の間で、いざこざが起きるかもしれず、それは避けたかった。

「でも、だ」

黒松屋の眉《まゆ》が、ぐぐっと釣り上がる。

「もう、黙っていられなくなったんだよ。若だんな、半之助は五日前、新たな文を受け取った後、行方知れずとなっちまった」

息子はよく出かけたが、行き先も告げず、家を空けることはなかった。黒松屋が心配して探したが、半之助の行方は今も知れない。

「きょわーっ、山姥《やまんば》に食べられた」

「お蝶さんとの縁談のせいだ。あの縁談が半之助を、妙なことに巻き込んじまったんだ。全《すべ》ては白柳屋が悪い。息子を返せっ」

黒松屋が大声を上げ、札差二人が再び睨《にら》み合う。若だんなが、慌てて割って入った。

「双方引いて下さい。喧嘩をしても、半之助さんの行方が、解るとも思えないのに」

止めたのは、真っ当なことのはずだった。どう考えても若だんなは間違ったことなど、してはいないのだ。

ところが。

その一言を言った途端、元々奇妙なところがあった縁談話は、更にあらぬ方へと若だんなを連れていった。黒松屋が、ぎょろりと目をむくと、若だんなへ迫ってきたのだ。

「何でおれと白柳屋を止める？　若だんな、まさかおめえ、栄吉ってぇ友と、お蝶さんの縁談が上手《うま》くいくよう、うちの半之助に、なんぞしたんじゃなかろうな」

つまり若だんなは、黒松屋の敵方だったのではないか。札差は突然、そんな言いがかりを降らせてきたのだ。

「えっ？　違いますよ。どうして私へ話が回って来るんですか」

目をしばたたかせると、兄《にい》や達が不機嫌な顔になって、身構える。そして若だんなへ向け、一つ溜息《ためいき》を漏らした。

「長崎屋で寝ていて下さったら、こんな妙な話に、巻き込まれなかったんですよ」

「きょげ？」

「おい、そういう風に、言わなくったって」

屏風《びょうぶ》のぞきが文句を言う横で、若だんなは口を引き結んだ。拙い話になったとは思ったが、だからと言って、これからずっと寝ていますとも言えない。

（ああ、今回耳にした縁談、何でこんなに妙なものばかりなんだろ）

まず、中屋へ持ち込まれた縁談相手は、山姥だと言われていた。

次に栄吉の縁談では、友は別人のように立派な、縁談向きの男として語られた。

縁談相手の店へ来てみれば、栄吉の縁談とは別の縁のことで、札差達が揉めていた。

黒松屋の息子半之助は、差し出し主不明の、奇妙な文を受け取り、あげく、行方が知れなくなっている。

そしてその件に、若だんなが絡んでいるのではと、言われてしまったのだ。

（あ、頭が痛い）

思わず顔を顰《しか》めたそのとき、黒松屋が若だんなの方へ、ぐっと身を乗り出してきた。

そして、怖い顔で言った。

「若だんな、お前さんはうちの半之助を、攫《さら》っちゃいないんだな？」

「もちろん、そんなことしてません」

すると横から屛風のぞきが、要らないことを口にした。

「うちの若だんなは、寝付いてばかりだ。ところで黒松屋の次男半之助さんは、そんな若だんなに拐《かどわ》かされるほど、弱いのかい？」

「いや……息子は背が高くて、丈夫な奴だよ」

少し声を落ち着かせた黒松屋は、また思いも掛けない言葉を、若だんなへ向けてくる。

「若だんな、お前さんが、この黒松屋の敵方じゃないんだったら、半之助を探しておくんな。息子を、見つけたいんだ」

「は？　親の黒松屋さんではなく、何で若だんなが、そんなことを、しなければならないんですか」

眉間《みけん》に、ぐっと皺《しわ》を寄せたのは佐助だ。しかし黒松屋は、大男である佐助に睨まれても、臆《おく》さない。

「おれはとっくに、探してるさ。この後も探す。半之助と親しい友の家だって、名付け親のところだって、己《おのれ》で行ったよ」

だが、見つからないのだ。

「金を使って、行き倒れや土左衛門《どざえもん》まで改めてるんだ。でも、息子はいない」

ならばそろそろ、他を頼ることにしないと、半之助は見つからないかもしれない。黒松屋はそう思い始めていたのだ。

「息子を探しだしてくれ。もし役に立ってくれたら、この黒松屋、この先ずっと、その恩を覚えているつもりだ」

札差にそう言われたら、喜ぶ者は多い。だが、しかし。もし見つからなかったときは。

「やっぱり長崎屋が、半之助の行方知れずに関わってたんじゃないかって、長く疑うだろうな」

札差の怒りを買うのは、怖いことなのだ。黒松屋はなりふり構わず、そう言ってくる。

「きょべーっ」

勝手な言葉を聞き、妖達が目を半眼にし始めた。

「こりゃ、悪夢か怪談みたいだ」

場久がぼやくと、ここで白柳屋が、黒松屋の役に立ちなさいと、やんわり言ってきた。札差は敵に回したら、手強《てごわ》い相手なのだ。

「喧嘩を選んだら、後で後悔しますよ。ええ、この白柳屋と黒松屋さんは、ずっと後悔しつつ、諍《いさか》いを続けてるんです」

「なら何で、喧嘩を止めないんでしょうか」

場久が問うても誰も答えず、黒松屋から突きつけられた話も変わらない。友の縁談を調べにきた若だんなは、札差の息子を探すことになってしまった。

6

若だんなは、白柳屋から一旦《いったん》、長崎屋の離れへ帰った。

白柳屋から出ると直《す》ぐに、半之助を探しに行こうとしたのだが、まずは佐助が若だんなを小脇に抱え上げ、さっさと堀近くへ運んでしまった。次に仁吉が素早く舟を呼び、皆で戻ることになったのだ。

「黒松屋さんが既に、半之助さんを探しまくってます。当てもなく蔵前で探しても、息子さんを見つけることは出来ませんよ」

ならば一度、部屋に戻って休むべきだ。兄や二人がそう決め、若だんなは今度こそ、勝手など出来なかった。

しかし戻ってみると、それで良かったと思えた。長崎屋の離れで、思いも掛けない者達が、若だんなを待っていたのだ。

「ひゃひゃっ、若だんな、やっと帰ってきたね」

「あら金次さん、その綺麗なお人、だぁれ？」

本当に珍しいことに、貧乏神が美人を連れ、離れの土間に座っていたのだ。金次はおしろへ、にたりと笑みをうかべた。

「おしろ、こちらの美人はお夕《ゆう》さんだ。一回食われてみるかい？　つまり山姥なのさ」

「あら、まあっ。お若い山姥だわぁ」

山姥の本性は、老婆《ろうば》であると言われている。だが、若いおなごの姿なのは、人に化けているのだろう。

「ひゃひゃっ、その方が、周りが優しいからね」

皆で離れに落ち着き、若だんなが綿入れに包《くる》まれ丸くなると、金次は、火鉢の横に座り、お夕について語り出した。

「山姥の用は簡単なものだ。若だんな、金だ。貸してくれ」

金次は貧乏神だから、ごっそり持っている時もあるが、たまたま今は、文無しだという。

「だからくれ」

若だんなは懐《ふところ》の金を、まずはそっくり貧乏神へ渡し、その後、金を必要とする事情を金次へ問うた。すると、隣にいたお夕が驚く。

「あら、話す前に、お金を下さるのねえ」

それを横目で見つつ、金次が語った。

「お夕さんはご覧の通り、人の姿で過ごしてるんだ。けどな、どうも江戸にいるのが、辛《つら》くなってきたんだそうだ」

人の居ない山奥なら、ただの山姥でいられる。だが、人の多い江戸で暮らしていると、お夕は毎日、誰かをつまんで食ってはいけないと、己に言い聞かせねばならないのだ。

お夕が話を継いだ。

「結構、辛いんですよ。でね、もう我慢は無理だと思うことがおきまして。山へ帰ることに決めたんです」

若だんなから借りた金は、路銀にしたいとお夕は言った。道がある内は、人として旅する方が楽なのだ。

「あら、山姥が江戸で暮らすって、そんなに大変なんですか。それでも今までこっちに居たのは、どうしてなんです？」

おしろが問うと、お夕は本当に美しく笑った。

「亭主に惚《ほ》れちまってね。一緒にいたかったんですよ」

馬鹿だと思ったが、山姥はその思いゆえに、町で暮らしてきたという。

「最初は品川にいてね。ままごとみたいな毎日は、楽しかったです」

夫婦は少し前に、蔵前に越した。

「そうしたら通りで、金次さんを久方ぶりに見かけたんです」

「あの、ご亭主は、お夕さんが山姥だと、承知ですか？」

「ええ、若だんな。知ったのに、それでも惚れてるって言うんですよ。ぐっと来ちまいました」

亭主は本当に無理をして、お夕のために金を稼ぎ、気晴らしをさせてくれている。大金持ちの多い蔵前へ越してきたのも、稼ぐためだ。だからお夕も今まで、大丈夫だった。

「亭主ときたら、あちこちで無理に、縁談を進めていたみたいです。私の知り合いの山姥を、材木問屋へ嫁がせようとしたり、仲が悪い店同士へ、他の仲人《なこうど》なら考えない縁談を、持ち込んだり。あたしのせいですね」

申し訳ないことをしたようだと、お夕は頭を垂れる。

ただ。ある日お夕は、己の本性と、向き合うことになってしまった。

「引っ越した先の、蔵前でのことです。歩いてたとき亭主が、道で、娘っこを見つけましてね」

縁談をまとめようとしている、娘だという。牡丹《ぼたん》の花のように、華やかな人であった。

「そしたら不意に、言葉があたしの口から、こぼれちまって」

お夕は言ってしまったのだ。あんな娘を、食いたいわと。

亭主の顔色が変わった。お夕は直ぐ、引くときが来たと分かった。もう、江戸では暮らせない。

さもないと、じき、大騒ぎを起こし、惚れているのに、亭主を巻き込んでしまうだろう。その前に、山奥へ帰らねばならなかった。

「あたしは山姥です。だから、いくら惚れてたって、いずれ亭主と離れる時が来る。そう、腹をくくってました」

一方亭主は並の人だから、山奥では暮らしていけない。無理すれば命を縮めるだけであった。

「だからあの人に、山へ付いてくると言わせるのも、駄目なんです。あたし、恩知らずになることにしました。突然、消えることに決めたんです」

　そんな時、道で金次の姿を見かけ、お夕は昔の細い縁に縋《すが》ったのだ。幾つかの縁談と関わった先に、また思うに任せない縁を見つけて、若だんなは首を振った。

「ただね、あたしもう、江戸には来ないんですよ。若だんな、お金を返せないんですけど」

「ひゃひゃっ、構わねぇよぅ。若だんなは気にしないから」

　貧乏神が、勝手に返事をする。自分が金を手にした時、返しておくからいいと、金次は言ったのだ。

「江戸が始まった頃、この貧乏神はお前さんから薬を借りた。今回の金はそのお返しだ」

　事情を承知し、貧乏神は意外と律義《りちぎ》だと、妖達が小声を交わしている。若だんなはここで一つ思いつくと、お夕へ言葉を向けた。

「栄吉の縁談、話が盛大に盛ってあったけど。話を札差へ持っていった仲人は、お夕さんのご亭主じゃないかな」

　お夕の亭主には、なんとしても大枚《たいまい》が必要であった。人を食ってしまう以外に、気散じを見つけられなければ、山姥の妻は町で暮らせなくなる。亭主の元から離れてしまうのだ。

「それで、強引にでも話をまとめようと、栄吉を、おなごが気に入りそうな男だと、言ってみたんじゃないかしら」

「ああ、栄吉さんの縁談、そういう事情で妙な話になってたんですね」

これが答えだろうと、妖達が大いに頷く。

しかし、相手が江戸でも指折りの大金持ち、札差だったので、上手くいかなかった。そうやって盛ってくる話に、白柳屋は慣れていたに違いない。

「栄吉さんとは？」

お夕が首を傾《かし》げると、不思議なものに化けた菓《か》子司《しつかさ》の縁談話を、皆が語る。お夕は眉尻《まゆじり》を下げてしまった。

「でも、亭主の無茶も、終わるはずです。お金の掛かるあたしが去りますから」

「ああ全部、終わるんですね」

妖達は寸の間、しんみりとする。だが兄や達は、ここで溜息を漏らした。

「皆、一つ忘れているぞ。若だんなが引き受けた、半之助さん探しが残ってる」

探すと伝えた相手は札差だから、約束を、なかったことにはできない。しかし妖達は気が乗らない様子で、それをお夕が笑った。

「美人のお蝶さんならともかく、顔も知らない若い男を、見つけようっていうんですから。そりゃ、つまらないわ。そのお人は多分、美味《おい》しくないでしょうし」

「きょべ、美味しい？」

しかしお夕は旅の途中、半之助のことを耳にしたら、長崎屋へ知らせると言ってくれた。そして、少し寂しげな顔になる。

「あたしが最後に、亭主へしてあげられることが、離れることだったなんてね。ちょいと辛いわ」

旅に出るには遅い刻限だからと、お夕はこの日、一軒家へ泊まることになった。それから気持ちが揺らがないよう、明日の朝一番に、江戸から出るという。

そして、翌朝早くのこと。

お夕を近くまで送ろうと、長崎屋の皆は、通町《とおりちょう》の大通りへ一緒に出た。朝も早かったのに人通りは多く、旅姿の者達も、目の前を何人も過ぎてゆく。

長崎屋前の道は、そのまま上ってゆくと、やがて高輪の大木戸へ出る。東海道へと続いてゆく通りなのだ。京橋より北にある町屋から、上方へ上ろうとする者なら、眼前の道を行くことになった。

お夕は、道へ一歩踏み出してから向き直り、笑みを浮かべた。

「皆さん、お世話になりました。若だんな、半之助さんが無事、見つかることを祈ってます」

山姥はそう言うと、江戸も恋しい亭主も振り切るように、通りをゆく人の流れに乗ろうとした。

ところが。不意に足を止めると、お夕は道を行く綺麗な旅人へ目を向け、一つ首を傾げたのだ。そして、近くにいた若だんなと妖達が、魂消《たまげ》るような一言をつぶやいた。

「あらまあ、美味しそうな人だわ」

通りを行き交う大勢の中で、お夕のつぶやきは紛れて消える。きちんとした旅姿で、多くの者に見送られているおなごが、人を食う山姥だと、誰も思うはずがなかった。

しかし長崎屋の者達は、いっせいにお夕を見つめ、次に、不安げな顔つきとなる。

金次が、天を向いた。

「あの娘さんの後から、お夕さんを行かせて、大丈夫かね」

若だんなはおなごへ目を向けてから、お夕へ声をかけようとした。だがそのとき、不意に言葉に詰まった。

「あ、あれ?」

周りのざわめきが遠ざかり、頭へ入ってこなくなった。

お夕が〝美味しそう〟と言ったおなごは、それは美しかった。だが若だんなは、おなごの横にいた旅姿の男の方へ、目が行ったのだ。

出《い》で立《た》ちは軽めで、上方や伊勢《いせ》など、遠くまで旅するつもりとも思えない。笠《かさ》を被《かぶ》っており、顔は見えなかったが、すらりとした姿形から、若い男だと分かった。

「あれ？　私は、娘さんの連れのお人を、どこかで見てる気がする」

思わずそう口にすると、兄や達が若者へ目を向ける。しかし二人は首を振り、若者を見知っている様子はなかった。

「おかしいね、私だけが知ってて、仁吉も佐助も知らない相手って、そうそう思いつかないんだけど」

遠出の時、兄や達は必ず付いてくる。そして長崎屋の離れは、若だんなだけでなく、兄や達が暮らす場所だから、会う人も一緒だ。

「妙だな、思い違いかしら」

すると、ここで屏風のぞきが、口を開いた。

「驚いたよ、若だんな。あたしもあそこの若いのを、どこかで見た気がしてきたよ」

兄や達が知らない相手で、若だんなと屏風のぞきだけが知る者とは、誰なのか。若だんなが付喪神と顔を見合わせたとき、お夕が困った顔を、道をいく娘へ向ける。そして遠くへ行ってしまうまで、しばらくこの場にいると言い出した。

「あの娘さんですがね。昨日話したお人です。亭主が縁談を、お世話した娘さん」

あんな娘を食いたいと、山姥が思わず言ってしまい、別れの元になった人なのだ。

「蔵前の、札差の娘さんです。だから仲人の妻のことも、どこかで見てるかもしれません」

顔を合わせない方が良かろうと、お夕は思い、足を止めたのだ。若者の方は、知らないという。

「あのお嬢さんが、蔵前の札差の娘さん？」

途端、娘と一緒に行きすぎた若者を、どこで見たのか、若だんなは承知した。なぜ屏風のぞきと二人だけが、相手を知っていたのか、それも分かった。

「栄吉の縁談について、昨日調べに行ったとき見たんだ。白柳屋の近くで、舟から下りた人だ」

その時も若者は、旅姿であった。江戸へ戻ってきたように見えたのに、また旅に出るのだろうか。そして今回は、白柳屋のお蝶を連れている。

「札差さんは、お蝶さんが旅に出ることを、承知なさっているんでしょうかね」

お夕が横で、首を傾げる。その一言を聞き、若だんなが目を見開いた。

「佐助、仁吉、お蝶さんを止めて」

いや、一緒にいる若い人も止めてくれと、言葉を続けた。

「逃がさないでっ」

訳は後と言った時、兄や二人が道を駆け出した。妖達も影内に入ったから、万に一つも逃げられることは、ないだろうと分かった。

7

山姥お夕は、朝の内に江戸を立った。

そして入れ替わるように、長崎屋の離れには昼過ぎ、客が二人訪れた。黒松屋と白柳屋、二人の札差だ。

両人と向き合うようにして、若だんな達が座ると、大勢の妖達が、影の内から様子を窺《うかが》っているのを感じる。そして離れに落ち着いた後、部屋へ、若い顔が二人入ってくると、札差達は真剣に驚き、腰を浮かした。

「半之助……」

「お、お蝶じゃないか」

若だんなを見て、どうやってこんなに早く見つけたのかと、黒松屋はかすれた声で言う。一方白柳屋の方は、ひたすら魂消た顔になっていた。

「何でだい？　お蝶、お前がどうしてこの場にいるんだ」

札差達は子供らを見て、同じ言葉を繰り返すのみであった。

若い二人は、ひたすら黙っている。札差二人もその内、黙ってしまった。部屋は寸の間、静まってしまったのだ。

　それで若だんなが、札差の親子二組を前にして、事情を語ることになった。

「私が話したんじゃ、思い違いが混じって、いけない気もするんですが。でも、他に口を開くお人がいない。仕方ない、語らせていただきます」

若だんなは朝方、長崎屋前の道で半之助と出会ったことを、黒松屋達へ告げた。お蝶が一緒であった。

「たまたまの出会いでした。ですが私は、半之助さんと会ったのは、そうなる運だったようにも思います」

「運？」

黒松屋が、やっと口を開く。

「何しろ半之助さんは、最近何度か、この長崎屋前の道を通って、品川まで旅をなさってたようなので」

品川での用が長引かないでいた時は、親に知れずに済んでいたのだ。

そして今朝、長崎屋の面々は、お夕を見送るため、多くの旅人が立つ早い刻限に道へ出た。そこへ、やはり旅に出た半之助達が、通りかかったのだ。

それで若だんな達に、見つかってしまったわけだ。

「旅って……半之助、お前、上方へでも、行く気だったのかい？」

黒松屋はそう言うと、ちらりとお蝶へ目を向ける。ここで仁吉が、溜息と共に言った。

「白柳屋さんの娘さんと、黒松屋さんの息子さんじゃ、縁談がまとまることは、ないそうですね」

よりにもよって、白柳屋の娘をもらわなきゃいけない理由なんか一つもないと、黒松屋は言い切っていた。ほど近い場所で育ち、共に大店《おおだな》の子でありながら、半之助とお蝶は、互いに縁組など、考えられない相手だったのだ。

ところが。

「ある日、そのあり得ない筈《はず》の縁談が、両家に持ち込まれました。品川から来た新参者の仲人が、無茶をしたんです」

親はそんな話が来ても、歯牙《しが》にも掛けなかったが、若い二人は違った。お互いの名を知り、会うことになって、あっという間に恋に落ちてしまった。

今度は佐助がつぶやく。

「何しろ美男美女で、しかも許されない恋ですからね。江戸を燃やし尽くすような、恋心になっちまった」

これからの成り行きは、自分が考えたことだと、若だんなは言葉を継ぐ。半之助が、話してくれないからだ。

「半之助さん達は、話を持ってきた仲人さんへ、何とか一緒になりたいと、力添えを頼んだんじゃないですかね」

礼金を出すとも言ったのだろう、もちろん仲人は張り切った。しかし調べると、札差達の諍いは根深い。それでだ。

「ここで仲人さんが、品川の出だということが、関わってくるんです」

半之助の顔が、畳へ向いた。

「半之助さんは次男ですが、店を継いで欲しいという話は、幾つもあったようで。その内の一つに、品川のご親戚があったと聞いたように思いますが」

「ああ、料理屋をしている叔父がいるよ。その、跡取りが亡《な》くなってね」

病で子を失ってから、半之助に店を継いで欲しいと、叔父は声を掛けてきているのだ。そう言ってから……黒松屋は眉をつり上げた。

「半之助、お前、仲人を通じて、叔父御《おじご》を、自分の縁談に巻き込んだな？」

するとここで、畳を見ていた半之助が、さっと顔を上げた。そして、今までの大人しげな顔をかなぐり捨て、親へ言い返す。

「ええ、品川の叔父御へ、言いました。お蝶さんと一緒になりたい。この人を嫁として迎えてくれるなら、料理屋を継ぐって」

お蝶は蔵前にある札差の娘で、綺麗で、何の不足もない相手なのだ。なのに、親同士の仲が悪いから嫁に出来ないというのは、おかしいではないか。

「品川の叔父御は、嫁取りを承知してくれました。私はお蝶さんと一緒になって、品川で料理屋をやっていきます」

「ちょっと待ちなさいよ。私がいつ、娘を嫁にやると言ったんだい」

白柳屋が、悲鳴のような声を上げたが、今度はお蝶が親へ、きっぱりと言い切る。

「わたし、半之助さんのお嫁になると、約束しました。品川のおじさまも、もうちゃんと、迎える支度をして下さってます」

「品川のおじさま？」

声が裏返った白柳屋を見つつ、若だんなが、兄や達へ告げる。

「半之助さんへ来ていた、差し出し人が分からないという文だけど。あれ、品川の叔父御から、来ていたものだと思うんだ」

お蝶と一緒に逃げ、養子にはいるのなら、色々話すこともあったろう。だが親に、叔父とのやり取りを知られるのは拙《まず》い。それで半之助は、嫌がらせの文がきていると話を作り、文を受け取り続けたのだ。

黒松屋の顔が、赤黒くなってくる。

「私は話を聞いて、息子のことを心配してたんだ。なのに、なんだ？　半之助は、親を騙《だま》してたのかい？」

「おとっつぁん達が、いつまでもくだらない喧嘩《けんか》を続けてるのが、悪いんでしょう。迷惑を被《こうむ》ったのは、子のわたし達ですよっ」

「この馬鹿もんっ」

黒松屋は鬼の形相で立ち上がると、眼前の湯飲みを放り投げようとしたが、なぜだか一寸《いっすん》の差で、それは影内へ消えてしまう。次に半之助が、お蝶と一緒に部屋から出ようとしたが、こちらは白柳屋に阻《はば》まれた。

「お蝶、とにかく店へ帰るよ。男と道行なんて、とんでもない。まともな縁談が、来なくなってしまうよ」

「おとっつぁん、わたし、半之助さんと添うんです」

「冗談じゃないよっ」

幾つもの声が入り乱れて、もう誰が何を話しているかも分からない。店表での喧嘩も厭《いと》わなかった札差達だから、離れの襖《ふすま》も障子戸も吹き飛ばしそうであった。

「きょんげーっ」

屋根が、柱が、大嵐《おおあらし》でも来たかのように軋《きし》む。

「ひゃひゃっ、こりゃ楽しい」

「あら、兄やさん達の目が、針みたいになってますね」

そして。

気が付けば札差達は、今日もまた、背中から羽交い締めにされてしまったのだ。兄や達の目つきが怖かったからか、若だんなが落ち着いた顔で座っていたからか、騒いでいた親子二組は、じき動きを止めた。そしてその後、すとんと座り込んでしまった。

ようよう離れが静かになると、佐助が怖い声で話し出す。

「若だんながいるところで暴れるなんて、とんでもない。物を壊したいなら、自分の店でやっていただきましょう」

若だんなはちゃんと、半之助を見つけたのだ。親子喧嘩にも、縁談の話にも、これ以上長崎屋を巻き込んでくれるな。仁吉がここで、ぴしりと言う。

「これで札差とのご縁は、終わりです」

「……怒ってるね」

言葉の強さに気圧《けお》されたのか、黒松屋は大きく息を吐く。それから立ち上がると、まずは若だんなに頭を下げた。

「約束どおり、息子を見つけてくれたんだ。礼を言う。いつか、お返しもしよう」

ただ今日は息子を連れ、早々に帰らせてもらうと、大商人《おおあきんど》は言ってくる。半之助は眉を引き上げたが、親と、正面からぶつかり合っても、まだ勝機はなさそうであった。

「半之助、同じ札差の娘さんをさらって行くなど、とんでもないことだぞ。それじゃ品川の叔父御にも、迷惑がかかる」

そしてその叔父にも、話が出来たと語る黒松屋の顔が、大いに怖い。

「半之助、とにかく帰るぞ！」

札差二組は、近くの堀川で別々の舟を見つけると、早々に蔵前へ戻って行ったのだ。

「きゅい、つまんない。親の勝ち。終わった」

これから親子の、大騒ぎを見物出来るというとき、当人達が消えてしまったので、妖達は文句を並べている。若だんなは笑った。

「私はこの話、もう少し続く気がするけどな」

そう言ったものの、転がり続けた縁談の話が、ようやく一つの終幕を迎えたのは、本当であった。若だんなは一つ思いついて、兄やへ目を向ける。

「栄吉が心配になって、縁組を探ったところから、色々始まっちゃったけど。もしかしたら栄吉は、仲人さんが今度の縁組を持ちかけたことなんか、もう忘れてるかも」

少し困った顔で、仁吉も佐助も頷く。妖達はきゃたきゃたと笑い、では栄吉が振られた祝いに、鍋《なべ》でも作ろうと言い出した。

「そんなお祝い、あるの？」

若だんなの問いに、誰も答えられなかったが、湯豆腐は作られた。鍋に浮いた熱々の豆腐は、とても美味しかった。

「若だんな、蔵前から、こんなものが届きました」

二月ほど後のこと。札差黒松屋と白柳屋から、上等な酒が届けられた。

「なんでも黒松屋の御次男と、白柳屋のお嬢さんが、所帯を持つことになったそうで」

とたん屏風のぞきが、部屋へ出てきて笑った。

「あ、やっぱりそうなったか。あたしの勝ちだね」

どうやら妖達は、半之助とお蝶のその後について、賭《か》けをしていたらしい。若だんなと碁を打っていた金次が、負けたと言って、紙入れを放り出した。

「若だんなへ金を返す気で、貧乏神として、まめに働いてたんだがなぁ」

佐助が、札差の使いから聞き出したところによると、蔵前の屋敷ではあの後、やはり喧嘩と言い合いが続いていたのだ。半之助とお蝶が諦《あきら》めず、いつか品川へ逃げると言い続けたものだから、喧嘩半月目にして親の方が折れたという。

「半之助さんを、まず品川の叔父御へ養子に出す。そして養父が許したので、お蝶さんを嫁に取るという体裁にして、事を収めるみたいですね」

話がまとまるまでに、黒松屋と白柳屋の間でも、また喧嘩があったそうだが、今度は言い合いで、殴り合いはしなかったらしい。

「ま、札差達はこれからも、喧嘩相手って感じで、やっていくんでしょう」

揉《も》めはするが、付き合いは深そうな両家であった。

そして札差からの使いは、お夕の亭主の話も伝えてきた。あの仲人が、半之助達の縁を取り持ったのは確かなので、ちゃんと一割、礼金が出たというのだ。何と百両だという。

「わあ、つまりお蝶さんの持参金、千両なのか。仁吉、凄《すご》いね」

「でも若だんな、あの仲人は喜んでないとか。お夕さんが消えちまったんで、働く気すら起きないようなんです」

それを聞いた屏風のぞきが、若だんなへ顔を向ける。

「きっと山姥が気にするぞ。若だんな、百両で先々食っていけるよう、してやったら？」

とたん、仁吉の黒目が細くなった。

「若だんなを働かせようとするんじゃない」

慌《あわ》てて、若だんなは言葉を挟む。

「札差からの礼金があるなら、大家株でも買って、長屋の大家さんになったらどうかな」

株を買うことが出来れば、つける仕事が、江戸には結構あるのだ。

「長屋にいれば、店子《たなこ》の世話で、あれこれ忙しくなる。お夕さんの御亭主も、気が紛れるよ、きっと」

ただ若だんなには、分からないこともあった。

「仁吉、百両で大家株は買えるかしら？」

「大家株にも色々値がありますね。百両のものなら、そうですね、年に四十両くらいはもらえる大家に、なれるでしょう」

「それで、暮らしていける？」

「若だんな、下の方の侍は、一年にもらう扶持《ふち》が、三両一分なんですよ」

若だんなと妖《あやかし》達は、真剣に悩むことになった。

「そのお侍方、どうやって暮らしてるの？」

「きゅべ、お菓子が買えない」

とにかく、仲人は大家へ化けられそうだと、妖達は、祝いの鍋を用意し始める。

その横で若だんなは、少ない扶持で侍が暮らせる事情を、兄や達から教えてもらっていた。

てんげんつう

1

昼過ぎのこと。江戸は通町《とおりちょう》にある長崎屋《ながさきや》の離れに、妖《あやかし》達が何人も駆け込んで来た。

つい一時《いっとき》程前まで、空は明るく晴れ上がっていたのだが、にわかに陰ったと思ったら、冷たい風を含んだ土砂降りとなったのだ。

猫又《ねこまた》や化《ば》け狐《ぎつね》、母屋《おもや》の小鬼までが濡《ぬ》れ鼠《ねずみ》と化したので、離れにいた妖達の差し出した手ぬぐいで、皆、互いを拭《ふ》きあった。不思議なことに離れには、この日、沢山の手ぬぐいが、既に用意してあったのだ。

赤毛の化け狐も、総身を震わせ水を飛ばした後、手ぬぐいを貰《もら》った。

「手ぬぐいが一杯あって、我らは助かりました。ですが、それにしても離れの皆さんは、用意が良いですねえ」

すると大きな布で、まとめて小鬼達を拭いていた面々が、顔を見合わせる。猫又のおしろと、貧乏神の金次《きんじ》、付喪神《つくもがみ》の屏風《びょうぶ》のぞきは、ちょいと若だんなを見た後、いつにないことを語りはじめた。まず口を開いたのは、屏風のぞきだ。

「実はさ、今日、あたしたちが、手ぬぐいをかき集めておいたのは、雨が降るって言われたからなんだ」

「はて？　朝から天気が良かったのに、誰かがこの雨降りを、当てたんですか？」

横で、濡れた姿の場久《ばきゅう》が、狐へ頷《うなず》いて見せる。本性は獏《ばく》であり、悪夢を食べる者なのだが、場久は今、寄席《よせ》で怪談を語っている。それで今日は、雨降りだと言われたのに、表へ出ていたのだ。

「朝餉《あさげ》が終わったころのことです。店表で掃除をしていた小僧さんが、若だんなのところへ、文を持ってきたんですよ。道で子供から渡されたんだとか」

今日はたまたま、近所の一軒家で暮らしている妖三人や屏風のぞき、小鬼達も、離れで一緒に朝餉を食べていた。

少しばかり遅く起きた若だんなが、馴染《なじ》みの豆腐売りから、朝方売れ残った豆腐を、全部買ったからだ。それで兄《にい》や達も加わり、朝餉は湯豆腐にして、皆で楽しんでいた。

「すると、です。そこへ届いた文には、妙なことが書いてありました」

昼過ぎ、急な雨になるから、濡れたくなければ外には出るな。文は何故《なぜ》だか、天気を伝えてきていた。差出人の名なのか、最後に一言〝てんげんつう〟と書かれていた。

「きゅい、名まえ？　変」

拭いてもらった母屋の小鬼達が、揃《そろ》ってきゅい、きゅわと鳴き始める。すると兄やであり、万物を知る白沢《はくたく》、仁吉《にきち》が、名の意味を語った。

「〝てんげんつう〟とは、天眼通と書きます。いわゆる〝千里眼〟のことですよ」

遠くのことを知り、昨日までのことも、明日からのことも、自在に見通す。人の心までも、分かってしまう者のことだ。仁吉は平安の頃、一人、そういう者と出会ったことがあるといった。

「その者は、下級貴族の若い男でした。夕刻になると、片目が蒼《あお》く、光っているように見えたものです」

仁吉が人で無いことも見ぬいていたのか、相手はこちらに興味がある様子だった。だが仁吉は、その男から早々に離れたという。何故なら男が、会ったこともないはずの姫の名を、仁吉へ語ったからだ。

「そのお人を、あなたが好いているのは分かる。だが諦《あきら》めが肝心だ。千年も、寂しい思いを抱えることになると、言われましたよ」

仁吉は、千年が過ぎた今も一人だから、確かに思いが叶《かな》わなかったわけで、天眼通の言葉は、年月の重みで裏書きされたことになる。仁吉はその出来事を覚えていたので、天眼通から文が来た今日は、若だんなを、母屋へも行かせなかったのだ。

　おしろが頷いて、先を語った。

「それでね、私らも朝餉の後、何となくそのまま離れにいたんですけど」

　しかし余りに天気が良いので、皆はじき、雨を先見した言葉など忘れてしまった。場久は寄席へ出かけ、その時、傘さえ持っていかなかったのだ。屏風のぞきが近くの三春屋《みはるや》へ、お八《や》つの団子を買いに行ったときも、まだ晴れていた。

　ところが昼を過ぎたころ、突然ひやりとした風が吹いたのだ。空が陰って、黒雲が湧《わ》き立ち、皆、天眼通の文を思い出すことになった。そして程なく、ずぶ濡れの面々が、離れへ駆け込んで来たというわけだ。

　遅れて逃げ込んできた小鬼を、二枚の手ぬぐいでくるみつつ、若だんなが、雨でかすむ表へ目を向ける。

「さて、この世に天眼通は、本当にいるみたいだね。でも何で、この長崎屋へ文をよこしたのかしら」

　すると、その時だ。長崎屋の横手にある木戸が、大雨の向こうで開いた。さて、こんな天気の日に客かと、長崎屋の皆が顔を向ける。すると大ぶりの雨具、みのを身につけた姿が庭へ入ってきたのだ。

「おや、この天気に、みのを着た者が来るとは」

佐助《さすけ》が、眉《まゆ》を引き上げた。

雨の日に、みのを身につけた者がいるのは、一見並のことのようだが、江戸はつい今し方まで、晴れ渡っていたのだ。みのは、藁《わら》を編んで作るから、嵩張《かさば》る上に目立つ。今日、江戸の町中で着て出る者がいたら、ひどく不思議に思われたに違いない。

「今入って来た男。予《あらかじ》め、雨が降るのを知っていたのかな」

てんげんつう。佐助はそうつぶやくと、その背にさっと若だんなを庇《かば》う。仁吉は縁側へ出ると、みの姿の、背の高い男へ、落ち着いた声を掛けた。

「これは、初めて会う御仁《ごじん》だな。平安の頃出会った、天眼通ではないようだ」

すると雨の向こうから、笑うような声が、長崎屋の離れへ返ってくる。その声が聞こえた途端、小鬼三匹が若だんなの懐《ふところ》へ飛び込み、碁を打っていた貧乏神は、盤面から目を離し、庭へ目を向けた。

男はゆっくり離れへ寄ると、軒の下で笠《かさ》を外し、至って大人しい風貌《ふうぼう》を見せてきた。そして自ら、若だんなへ文を渡した、てんげんつうだと名のってくる。三十半ばの者に見えた。

若だんなは、ぽんぽんと背を叩《たた》いて、鳴家《やなり》達を落ち着かせた後、てんげんつうへ声を向けた。

「今朝方、文を下さった方ですね。おかげで離れの者達は、濡れずに済みました」

ありがとうございますと続けると、てんげんつうが軒下で、それは嬉《うれ》しそうに、にっと笑った。それから縁に腰を掛け、若々しい声で語りだす。

「ご丁寧な挨拶《あいさつ》、どうも。こちらの若だんなは、やっぱり人ならぬ者と縁が深いようだ。ここへ来て己《おのれ》のことを話しても、大丈夫だって分かってたよ」

己は真実、天眼通なのだからと、男は頷いた。もう十年も前にこの左目、千里眼を手に入れたからだと、男は語ってゆく。

「実はこの目、飼っていた三毛猫、三太《さんた》から譲られたもんなんだよ」

まだてんげんつうが小さい頃、縁あって親が、戸塚出の者から貰ってきた猫であった。

ところが二十年ほど経《た》った、ある日のこと。三毛猫三太は、ひょいと二本足で立ち上がった。そして、こうして無事猫又になれたのは、大切に飼ってくれた男のおかげだと言ったらしい。

長く生きていたのに、男は猫又の祟《たた》りを怖がらなかった。それで三太は、これが礼だと言って、親譲りだという大事な千里眼を、己の目から飼い主の左の目へ移し、どこかへ消えたという。

それ以来、てんげんつうの左目は、夜になると蒼く光るようになったらしい。

「おれはその日から、確かにてんげんつうとなった。遥《はる》か昔のことも明日の天気も、今、おれのことを気持ち悪いと思っている、真っ白な猫又の気持ちも、分かるようになったんだ」

「あ、あらまあ」

うろたえるおしろを見て、てんげんつうはにやりと笑った。しかし、だ。それで得をするとは限らないとも語り、てんげんつうは唇を少しばかり歪《ゆが》める。

「例えば、心を読まれたら、それを厭《いと》う者はいるんだ」

腹の内を探られるからと、てんげんつうと会うのを、厭う者もいる。力を上手《うま》いこと、利用してやろうと考える者達は、本当に多かった。

「おれが居るのがいけないんだと、怒った奴《やつ》も知ってる。いっそ、葬《ほうむ》ってしまえばいいと考える者も、何人もいたよ」

実際、殺されかけたことすらあった。てんげんつうは、望みもしなかった苦痛をなめてきたという。

「つまりおれにとって、千里眼となることは、苦痛と道連れになることだったんだ」

じき、苦しみから逃れたくなって、千里眼を時々止《や》める方法を、己の目で見通そうとした。だが、己のことは見づらい。元の飼い猫に相談したくとも、猫又は、己達の里へでも行ってしまったようで、もう見つからなかった。

「でもさ、己の左目を、無理にえぐり出す勇気も出なかった。片目になったら、その内もう片方の目まで病んで、見えなくなるのではと怖いしな」

それでも諦めきれず、持つ力を全《すべ》て使い、必死に己のことを見てきたのだ。

「すると、さ。このおれの苦境を救えるお人が、江戸にいると分かった」

〝通町に住む、長崎屋の若だんな〟

「その御仁なら、このおれを救ってくれるかもしれない。やっと、それを摑《つか》んだ」

千住《せんじゅ》の北辺りにいたてんげんつうは、その言葉を頼りに、江戸へ向かった。実際通町へ来て、若だんなを探してみると、思いがけない程、早く見つけられたのだ。

「廻船問屋《かいせんどんや》兼薬種《やくしゅ》問屋、長崎屋の若だんなは、通町の辺りじゃ、とても高名なお人だったんだ。何でも、若だんなほど病を拾うお人は、他にいないんだそうで」

てんげんつうは店の場所を、何人かから、あっさり教えてもらえたのだ。

「それでこうして、長崎屋へやってきたというわけで。雨も本当に降ったことだし、おれの言葉を、信じてもらえると思ったんでね」

「ぎゅべ、こわい。若だんな、食べにきたんだ」

小鬼が、若だんなの懐から顔を覗《のぞ》かせ、震えながら鳴いている。てんげんつうが、そこいら中の物を、食い始めるかもしれないと言うのだ。

「おや、確かに団子が置いてあるね。食べてもいいのかい？」

「ぎゅい、鳴家は美味《おい》しくない」

てんげんつうは笑うと、縁側に上がり込み、長崎屋の皆と向き合う。雨の音は一段と強くなり、人の声などかき消しそうであった。

「なあ若だんな、今言ったような訳だから、おれを救ってくれないか。消えた猫又を探し出すとか、不思議な呪文《じゅもん》を使うとか、どんなことをしてもいい。とにかくおれを、人から厭われないようにしてくれ」

長崎屋の若だんなならば、それが出来る。てんげんつうの頭に、そう思い浮かんだのだから、確かであった。

「そのために、わざわざ来たんだ。頼むよ」

もし、もし、頼みを聞いてもらえるのなら。てんげんつうでいる内に、若だんなに先々起きることを、語ってもいいという。

「そいつを聞いておきゃあ、幸運を逃がさずに済むってもんだ」

しかし、てんげんつうを見捨てるというのなら。

「まずはこの世で、先々必ず起きる不幸を、話していく。そして、そいつは長崎屋の若だんなのせいだって、噂《うわさ》をして回るぞ」

そうなれば、若だんなは不運を連れてくる人だと、あっという間に噂が広まるだろう。

「一度そうなったら、噂を封じるのは、それは難しかろうな。このおれを助ける方が、余程簡単に違いないさ。うん、そうだとも」

だから助けてくれ。脅しとも懇願ともつかない言葉を口にすると、てんげんつうは若だんなの方へじわじわ近づいてくる。

すると、だ。ここで佐助が、もの凄《すご》く怖い顔になった。そして、不運も噂も知ったことかとつぶやき、若だんなとてんげんつうの間に、割って入ったのだ。

てんげんつうの顔が、引きつる。

「お、おれを殴ると、若だんなが寝込むぞ」

「いきなり来て、身勝手なことを言う奴。この話の解決法は、これだ！」

軽く拳《こぶし》を握ると、佐助は豪快に腕を振り抜いた。そうして、てんげんつうを離れの縁側から、遥か遠い空のかなたへ、殴り飛ばしてしまったのだ。

　わずかな悲鳴だけが、離れに残った。

2

　若だんなは、離れの縁側から、心配そうに空を眺めることになった。

「あの不思議なお人、どこまで飛んでいったのかしら。怪我《けが》せずに、地へ降りられればいいけど」

「佐助は断言いたします。脅してきたあいつを、若だんなが心配する必要などないですよ」

　横でおしろが頷いた。

「若だんな。あの男もまた、ただの人ではないんです。だから大丈夫」

「そうだねえ。でもあの、てんげんつうさん、どうして私が、あのお人を救えると思ったのかしらね」

　てんげんつうとは、今日初めて会ったのだ。いきなり救えと言われても、出来るはずもない。なのに。

「私に、何が出来ると思ったんだろ」

てんげんつうが消えたせいか、雨がようよう小ぶりとなる。若だんなは明るくなってきた空へ、また目を向けた。

「それに、気にはなるね。あの御仁を救わなかったら、本当に不幸がやってくるのかしら」

するとだ。若だんなが語り終わったそのとき、長崎屋の離れに、悲鳴が響き渡った。

「きょんげーっ、ないっ」

部屋内へ目を向けると、慌《あわ》てた顔の小鬼達が、一斉にばたばたと走り回っている。

「どうしたの？」

若だんなが聞いても、小鬼らは、答えを言う間もないほど慌てている。屏風のぞきが一匹を素早く捕まえ、手の内で起こったことを聞くと、半泣きの声がした。

「きゅんべーっ、なくなったの。屏風のぞきが食べちゃった？　団子が一個もないよう」

「はっ？　団子は沢山買ってきたぞ」

しかし菓子の木鉢は空で、内に残っているのは串《くし》ばかりであった。場久が呆《あき》れたように、心当たりは一人しかいないと言う。

「てんげんつうは、大食いだったんだな」

小鬼達が泣きながらひっくり返ったので、若だんなはもう一度、団子を買ってきてもらうことになった。

しかし、菓子を買いなおすくらいでは、ことは収まらなかったのだ。てんげんつうが語った不幸は、その後もしっかり続いていった。まずは、化け狐が嘆いた。

「若だんな、今日よみうりに出ていた占いに、足下を気遣うべしと、あったんです。そしたら早々に、買ったばかりの下駄《げた》の歯が、欠けちまいました」

そして次の日、とんでもない目に遭ったのは、貧乏神の金次であった。

人を不幸に陥《おとしい》れても、己が不幸を引き受けることなどついぞない、剛の者だ。なのに翌日の昼下がり、その金次が慌てた顔で離れへ飛び込んできたので、若だんな達は、一緒に魂消《たまげ》ることになった。

「若だんな、若だんな、若だんなっ。とんでもないことになっちまった。ああ、あたしはどうしたらいいんだ！」

金次は離れへ上がると、畳に両の手を突き、がくりと肩を落としている。それから、いつにない程真剣な顔で、己を襲った不幸を語った。

「なんてことだろう。あたしは、とんでもない失敗をしちまった」

金次は貧乏神なので、先日から、名間豆屋《なまずや》という小間物屋に祟っていたらしい。

「主《あるじ》は働き者だが、ものもらいには一文もやらないっていう吝嗇《けち》でね。なら一回、自分も貧乏になってみればいいと思ったんだよ」

それで、気合いを入れて祟ったところ、金次の思惑どおり、名間豆屋は傾いていった。丁度、てんげんつうが現れた頃、あと幾らも持たないという所へ来ていたのだ。

ところが。

「あの千里眼が現れた後、名間豆屋の主に、突然縁談が決まった。その娘の持参金で、店は潰《つぶ》れないことになっちまったんだ！」

その上、だ。若い嫁は器量よしであった。客達は美人のおかみ見たさに、店へ行くようになったのだ。

「今、名間豆屋は繁盛《はんじょう》してる。あれじゃ、当分潰すなんてことは、出来やしない」

何でだ？　金次は真剣な顔で吠《ほ》えた。

「この貧乏神が、本気で潰しにかかったのに。どうして今、前より繁盛してるんだ？」

これでは、まるで、まるで。

「この貧乏神が、役立たずみたいじゃないか」

あろうことか、あの金次が、涙を流し畳に突っ伏したものだから、話を聞いていた皆が慌てる。若だんなは、案山子《かかし》がぼろ雑巾《ぞうきん》を引っかけたような背をさすり、慰めた。

「金次、泣かないで。そのお店には、余程強い福の神でもいたんだよ」

「若だんな、その言い方はないよっ。そう言うと、このあたしが福の神より、弱いってことになるだろ」

「あの、その、ごめんっ」

慌てて謝ったが、金次は収まらない。更に若だんなへ、文句を言おうとしたので、さっと間に入った佐助が、ぼかりと一発、貧乏神に拳を降らせた。

「うげえっ、痛いよう。小間物屋が金持ちになった上に、拳固《げんこ》が痛いっ」

更にわんわん泣く珍しい金次を見て、若だんなはまず、貧乏神の瘤《こぶ》を、絞った手ぬぐいで押さえた。そして金次は、役立たずではないと、困ったような顔で言った。

「いつも、あっさり相手を、貧乏にしてるじゃないか。金次が凄腕なんで、この世から儲《もう》かっているお店が無くなるかもしれないって、時々心配してるんだ」

すると貧乏神はがばりと起きあがり、嬉しそうにうんうんと頷いた。溜息《ためいき》を漏らした仁吉が、大きな菓子鉢一杯の辛あられを、ここでさっと皆の前に置くと、離れがやっと落ち着き、お八つの時となる。

「さあ、金次さんも食べましょう。直《す》ぐに手を伸ばさないと、小鬼達が全部、腹に入れちまいますよ」

「ああ、おしろ、美味しそうだね」

若だんなもあられへ手を伸ばし、妖達はほっとした顔つきとなった。

しかし、だ。長崎屋の皆が、てんげんつうの恐ろしさを知ったのは、このお八つの後であった。先のことを見通す目の不幸から逃れるのは、真実、恐ろしいほどの難儀だと、身に染《し》みることになったのだ。

「ふぎゃーっ」

この時、離れへまず、猫のうなり声が聞こえて来た。

「あら、この声は、一帯の猫の大親分、大吉《だいきち》さんじゃないかしら」

猫又であるおしろによると、大吉はまだ、妖にはなっていない。だが齢《よわい》十数年、貫《かん》禄《ろく》のある虎猫《とらねこ》だという。

「何で、こんな妙な声で鳴いてるのかしら」

その言葉が聞こえた途端、猫の声は、ぎゃーっという悲鳴に変わった。

「子猫の声もするわ」

おしろが急ぎ、縁側から顔を塀の方へ向けると、大きな猫と子猫が、長崎屋の塀際《へいぎわ》にある松の古木へ、飛び移ったところであった。それを、人の声が追ってくる。

「まあ、猫取りかしら」

若い猫は売れるから、猫取りに狙《ねら》われることがあるのだ。すると長崎屋の松へ逃れた猫をめがけ、表から塀越しに太い竹が伸びてくる。表へ猫を追い出し、捕まえる気らしく、竹がしなって古い松の枝を打った。

途端、今度はおしろたちが、ぎゃっと悲鳴を上げた。虫でも食っていたのか、松の太い枝が折れ、驚くことに真っ直ぐ、庭へ飛んだのだ。

枝は庭にある、小さな稲荷《いなり》神社の方へ飛んだから、妖達は、驚くだけで済んだはずであった。だが、枝は社の屋根にぶつかると、大きく跳ね、今度は真っ直ぐ離れへ向かった。

「な、何で？」

皆が慌てて、部屋内へと逃れる間に、枝は開いていた障子戸にぶつかり、更に向きを変えた。そして、若だんなが小鬼を庇って、畳へ伏せたとき、その背にぶつかったのだ。

兄や達の、悲鳴が聞こえた気がした。

3

若だんなは立てなくなって、しばらく離れで寝込むことになった。

佐助と仁吉はその後、大事な若だんなへ、不幸をもたらしたてんげんつうを、ちゃんと捕まえたという。そしてどう扱ったか、若だんなの枕元《まくらもと》で語った。

「あの、兄や。てんげんつうへ、可哀想《かわいそう》なことを、しなかったよね？　運の悪いことは続いたけど、てんげんつうのせいとは、言えない気がするんだ」

「若だんな、あの男は今、上野の、不忍池《しのばずのいけ》からほど遠からぬ所におります」

「ああ、広徳寺《こうとくじ》の寛朝《かんちょう》様を頼ったの」

ならば、妙なことにはならないだろう。若だんなは床の内で頷き、少し咳《せ》き込んだ。

仁吉が、どういう話になったのか、若だんなへ告げた。

広徳寺は広大な寺領を誇る、江戸でも知られた名刹《めいさつ》だ。

その寺の内でも、一際《ひときわ》名を馳《は》せている僧に、妖退治で高名な寛朝がいた。寛朝はその力ゆえに、妖と親しい若だんなと縁があった。そしてその関わりが、時にとんでもなく危うい妖を、寺へ運んだりした。

「今日はまた……不機嫌な顔をしておるのう、仁吉、佐助。何で連れを、縛っておるのだ？」

広徳寺の直歳寮《しっすいりょう》で、長崎屋の者達を迎えた寛朝は、眉を引き上げる。

「ほお、若だんなが怪我をしたのか。しかも、妖がらみの話だから、護符を出して欲しいとな」

長崎屋の二人から、連れのてんげんつうについて話を聞くと、僧は溜息を漏らした。

「転がっておる御仁は、本物の天眼通、つまり千里眼というわけか。初めて会うのう、そういうお人とは」

すると、皆に茶を出してくれていた弟子、秋英《しゅうえい》が、首を傾《かし》げている。

「あの、お師匠様。つまりこちらのてんげんつう殿は、遠きことや、別の時のこと、それに人の心までも、分かってしまう御仁なのですよね？」

そして、若だんなが怪我をしたので、不幸を告げたてんげんつうを、兄や達が捕らえたことも知った。だが。

「てんげんつうなら、先々、誰がどこへ来るとか、何をするかとか、分かるはずでしょう？　どうして逃げなかったんでしょう？」

　すると仁吉が、ぐるぐると縄で巻き上げたてんげんつうを見つつ、怖い笑みを浮かべた。てんげんつうは、仁吉達から狙われていることを、分かっていただろうと言う。

「ですが、てんげんつうとて、全てのことを、一度に見ることは無理なのですよ。思い浮かべることが余りに多いと、景色が重なって、何が何だか分からなくなるでしょうからね」

　だから。

「一旦《いったん》、てんげんつうを捕まえる案を考えた後、その先てんげんつうがどう動くか推察し、こちらの動きを変えていったんです。その変わり方が早ければ、てんげんつうの変更が、間に合わなくなる。じきに逃げ切れなくなります」

　てんげんつうは、目は特別であっても、他に特別な力があるわけではない。兄や達から逃れるのは、難しかったのだ。

「なるほど。御身《おんみ》達と対峙《たいじ》するのは、てんげんつうにとっても、たやすいことではないのだな」

　寛朝が護符を十枚ほども渡すと、佐助が二十五両の切り餅《もち》を二つ、寛朝の前へ並べる。そして兄や達は深く頭を下げた。

「それで、寛朝様へお願いがございます。このてんげんつうは、己を救って欲しいと言ってきました」

千里眼として生きていくと、苦しい事が多いというのだ。しかし、ただの人に戻りたいと、突然長崎屋へ来られても、若だんなには何も出来なかった。

すると、不幸が起きると告げられ、若だんなは寝込むことになったわけだ。

「これ以上、若だんなを危うい目に遭わせることは、出来ません。よって御仏《みほとけ》に、縋《すが》りたいと願いまして」

てんげんつうを、広徳寺で引き取って欲しい。そして出来るのであれば、その不幸を除いてやってくれ。二人はそう願ったのだ。先程出した護符代五十両は、その礼のようなものであった。

すると今日ばかりは寛朝が、眉尻《まゆじり》を下げる。

「これは、難しい願い事をされたものだ」

まだ何も試みていないのに、今から寛朝の腰が引けているのではない。

「ただのう、このてんげんつうは、わしが己を救うとは、思っておらぬようなのでな」

もし寛朝ならば救えると思っていたら、長崎屋よりも先に、広徳寺へ来ていたに違いない。高僧がそう口にすると、途端てんげんつうが、さっと顔を上げた。

「おや、ご明察。名僧だと、千里眼を持たなくとも、それくらいは分かるのか」

「えっ？」

秋英が横で、言葉を失っている。兄や達は寸の間、寛朝を見つめてから言った。

「明日が見える者に、お前では己を救えないと言われたことになりますね」

「寛朝様はそれでも、五十両と引き替えに、眼前のてんげんつうを、引き受けて下さるでしょうか。それとも、この者は無理だと、寺から出してしまわれますか？」

しばしの間、直歳寮の板間は、静まったままであった。てんげんつうも黙ったまま、寛朝を食い入るように見つめている。そして。

そして。

ここで寛朝が、ふっと笑ったのだ。てんげんつうの前から立ち上がると、部屋の隅にあった文机《ふづくえ》へ向かい、文箱《ふばこ》から紙を取り出す。そして戻ると、てんげんつうの着物の懐に、いきなりそれを突っ込んだ。

「う、わわわっ」

今まで大人しかった男が、大声を上げ、身をよじったと思ったら、広徳寺にいる鳴家達が、一斉にてんげんつうの周りから逃げた。仁吉が頷き、寛朝へ目を向ける。

「こういう時に、名僧という言葉の意味を、知ることになります。寛朝様が書かれた護符は、てんげんつうへも効くのですね」

金が大好きで、さっぱり名僧には見えない僧が、笑って黒衣の袖《そで》を振った。

「確かに、少しは効いておるようだ。だが正直に言うと、妖封じのこの護符が、どこまで効くのか、とんと分からぬわ」

それでもしばらくの間は、てんげんつうを大人しくさせることは出来ようと、寛朝は口にする。

「その間に、千里眼の力を何とか封じられるか、考えることにしよう」

寛朝は、切り餅二つ分、五十両をあっさり懐に入れ、頷いた。兄や達は頭を下げ、それから寝転がっているてんげんつうへ、言葉を残す。

「若だんなは人なんだ。てんげんつうの力を封じ、人へ戻すという離れ業を、こなせというのは無理だ」

ただ若だんなではなくとも、誰かがてんげんつうを、助ければいい話だと思う。ならば寛朝が一番、頼りになるはずであった。

「だから御身を、この寺へ置いていく。何とかなるよう、若だんなは願っていると思う」

しかし、寝転がるてんげんつうから戻ってきたのは、低い声であった。

「兄やさん、分かってないね。おれはなにも若だんなが、ここにいる御坊《ごぼう》より強いなんて、言っちゃいないんだよ」

ただ、それでも己を救うのは、若だんな一人だと分かる。だから、わざわざ長崎屋へ文を送り、離れへ顔を見せたのだ。

「この御坊じゃ無理なんだよ。おれが、そう言うんだぜ。その通りになると、決まってるじゃないか」

仕方がないから、じきに寺から抜け出して、また長崎屋へ行くと、てんげんつうは言い出した。仁吉が、言うことをきかないその頭に、ごつんと一発、拳固を食らわせてから、そろそろ暇《いとま》を告げようと立ち上がる。上野から京橋近くまでは、随分と離れているから、早めに寺を出ないと、日が暮れてしまうのだ。

「寛朝様、後のこと、よろしくお願いします」

二人は、てんげんつうを寛朝へ託し、寺の表へ出たのだ。それから神田川へ突き当たるまで南へ進み、小舟に乗って、若だんなの傍らへ戻ってきたのだ。

「寛朝様が引き受けて下さって、ようございました」

兄や達は、そう言って話をくくったので、若だんなは、離れで横になったまま頷いた。

しかし、てんげんつうが言ったという言葉は、若だんなの耳に残っており、不安を連れてきている。

「寛朝様でも、どうにも出来なかった時は、どうしたらいいんだろう」

しかし兄や達から、応《いら》えはない。その代わり、頂いてきた護符を文箱に入れ、てんげんつうが来たら、これを使おうと若だんなへ言った。

「きょんげ？」

小鬼達は、文箱から離れて動いている。若だんなは困った顔で文箱を見つめると、ふと思いつき、兄や達へ、手ぬぐいを沢山買って欲しいと言ってみた。

「手ぬぐいですか？」

小鬼達はそれより甘い物がいいと、若だんなへ嬉しげにねだった。

4

少し調子が良くなると、若だんなは、広徳寺にいるてんげんつうや、寛朝達のことが気になってきた。すると悪夢を食う場久が、あの寺で、悪夢に取っつかれるほど困っている者がいないか、見てくれると言ったのだ。

「寛朝様や、秋英さん達の夢に、入ってみます。若だんなも、その夢、見てみますか？」

「お願いする。ありがとうね。心配が減りそうだ」

「きゅい、鳴家も夢、見る」

「あたしも若だんなと一緒に、その夢、見ようかね」

小鬼達や屏風のぞきと一緒に、夜、夢内へ入ってみる。すると、広徳寺の最初の夢では、若い御坊が溜息をついていた。

（おや？）

どうやらその御坊は、明日、師僧と行う問答に、不安を感じていた。あけすけに言えば、震える程に、それを怖がっていたのだ。そしてその訳は、てんげんつうにあった。

（直歳寮に来た、妙な男。あれはてんげんつうと言い、千里眼を持っているという話だ）

　そして、そのてんげんつうへ食事を運んだ時、若い御坊は、言われてしまったのだ。

「私は問答をしくじる。師僧を酷《ひど》く、がっかりさせてしまうんだと」

　若い御坊は、板間に頭を擦りつけるほどに、悩みを深めていた。若だんなは、御坊へ声を掛けたくて、夢の内でもがいた。

（あのね、問答の前に、師僧へ今の気持ちを、そのまんま言ったらいいのに。きっと何か、話して下さる。気が楽になると思うよ）

　しかし、言葉が届いたようには思えない。

（ああ、てんげんつうが寺にいるせいで、悪夢を見ているお人がいた）

　若だんなが眉尻を下げていると、目の前の光景は、別のものへと変わった。やはり寺内だが、新しく現れた僧も頭を抱えていた。

「不思議だ。どうして頼まれ事が、五つも六つも、重なるんだろうか」

　どれも、別々に来た頼まれ事だとは分かっている。しかし何故だか全部、わざわざ自分に頼むと言ってきていた。

「みな、拙僧に無理を言いたくて、一時に持ち込んできたわけではない。ああ、承知しているんだ」

　でもでもでも。どこかで見た僧は、深い溜息をついている。

「このままだと、返事が酷く遅れる頼まれ事が、出てきてしまいそうだ。一遍に六つも、ことを片付けられないゆえ」

　そして、遅れて返事をした相手からは、当然恨まれることになる。皆、大急ぎの返答を求めていた。

「ああ、何としたらいいのか……あのてんげんつうが、寺に現れてからのことだ」

（あの、他の御坊に、相談をされてはいかがでしょうか。そっと力を貸して下さる方も、おられるかと）

　若だんなは声を出してみたが、またしても伝わらない。顔を見た覚えのある僧は、そのまま、廊下の向こうへ歩んで行ってしまう。若だんながいよいよ困っていると、今度は、よく知っている僧の夢を覗くことになった。

（あ、寛朝様だ）

　ということは寛朝も、悪夢を見ているのだ。寛朝は、直歳寮の部屋から部屋へ、お菓子を求めてさまよう小鬼のように、うろうろしていた。

「ああ、長崎屋が寄越してくれた、あの五十両は助かった。あの金があったから、親のいない赤子二人と幼子に、幾ばくかを付けて、養い子に出すことが出来た」

その上、昨日急に身罷《みまか》った、身寄りのない年寄りの野辺送りにも、金を出すことが叶った。まことに役に立った金子《きんす》だったのだ。

「ただ、なぁ。代わりに引き受けた、てんげんつうは、どうしたものか」

そもそも千里眼自身が、この寛朝に救われることは、無理だと言っているのだ。

「正直、あやつを救ってくれと頼まれた時、わしは分かっておったと思う。己で、あのてんげんつうを何とかするのは、無理ではなかろうかと」

なのに寛朝は、兄や達からの寄進を受け取ったのだ。一旦てんげんつうを寺で引き受け、その後、やってみても無理だった場合、あの若だんなならば、金を返せとは言わない。それが分かっていたから、寛朝は千里眼を直歳寮に入れたのだと、つぶやきが続く。

「わしも大概、ろくでなしの僧だな」

それでも、だ。己の後悔と引き替えに、赤子達が家と親を見つけられるのであれば、またいつか、同じことを成す気がする。そう言って、寛朝は疲れたような顔で苦笑いを浮かべた。

「本当にこの身は、情けない」

若だんなは慌てて、寛朝へ声をかけた。

(あの五十両は、小遣いを貯《た》めたものです。良き使い道を見つけて頂いたのなら、嬉しいです)

ところがやっぱり、若だんなの声は届かないのだ。

(夢を覗いてるんだ。仕方ないか)

だが、そう思う端から、若だんなは目を足下へ向けてしまった。寛朝の悩みも、他の僧達の様子も、重く、生々しく、確かに悪夢と言えるほど辛《つら》かったからだ。

すると、そのとき闇《やみ》の奥から、馴染《なじ》みの声が聞こえてくる。

「若だんな、聞こえてますか？　場久です」

「きゅい、きゅわ」

小鬼が先に返事をして、屏風《びょうぶ》のぞきの声も、続いて聞こえてくる。

「御坊方は、てんげんつう相手に、苦戦してるみたいだな」

場久が困ったように言った。

「てんげんつうは寺で、己から千里眼を名のってますからね。そういう者の言葉は、どうしたって気になるでしょう」

ここで屏風のぞきが、口をはさんでくる。

「あいつは寺から出て、また長崎屋へ来ると言ってた。寺には居たくないんだ。誰にだって、良いことも悪いことも起きるだろうが、てんげんつうは多分御坊達に、悪い方の明日ばかりを告げる気なんだろう」

厭われて、寺から追い出されたいのだろうという声に、若だんなが頷《うなず》く。

（ああ、私はとんでもない悪夢を、広徳寺へ持ち込んでしまったんだな）

今、広徳寺では、心の内にある不安が、てんげんつうによって煽《あお》られているのだ。御坊達は僧なのだから、修行を積んでいるはずだが、やはり夢内では本心が湧き出てくるのだろう。

（このままじゃ駄目だ。ならば私は、どうしたらいいのかしら）

てんげんつうが、自分の苦境を救える人は、若だんなだと言ったのだ。救って欲しいと、わざわざ長崎屋まできたのだ。つまり。

（私はもう逃げず、てんげんつうを救わなきゃならないんだろう。そういう運の巡りだったんだ）

ならば熱が出ようが、こうして寝込もうが、がんばってみるしかない。

（きっと兄《にい》や達は、無理だと言うね。でも、それでもやらねばならないと思う）

しかしここで、若だんなは一つ、首を傾げる。

(ただねえ、厄介なことに、どうやったらてんげんつうをただの人に戻し、救えるのか、さっぱり遣《や》り方が分からないんだ)

どうやったら、それを摑むことが出来るだろうか。若だんなは、悪夢の闇へ目を向け、考え込むことになった。

5

朝起き上がると、やはりというか、小鬼達と屛風のぞきは、若だんなへ寝不足の顔を向けてきた。それで朝餉《あさげ》を食べた後、妖《あやかし》達を集め、まずは昨晩見た夢のことを語った。

「悪夢が、御坊達まで寝不足にしては、申し訳ない。だから、あのてんげんつうを救う算段を、私がつけたいと思うんだ」

このままてんげんつうから、悪い方の明日だけが語られたら、どのみちそれが気になって、若だんなは眠れなくなる。ちゃんと寝ているのに、寝込んでしまうだろうと言うと、兄や達が渋い顔で頷いた。

「でも、どうやってあのてんげんつうを救うつもりですか？」

若だんなは、おしろの問いかけに、問いを返すことになった。

「色々試したいんだけど、実はまだ、一つしか思いついてないんだ。皆から他にも、案を出してもらえたら嬉しい」

一つだけはっきりしているのは、妖退治の護符は、少ししか効かないということだ。てんげんつうは、寛朝の護符で封じられていたというのに、寺内の御坊達に悪夢を見せていた。

そして若だんなは、己の考えを、ここで口にした。

「私は、猫又を探そうと思う」

「ほう、分かりました。てんげんつうに千里眼を譲った、三毛猫を探すんですね」

仁吉が頷く。人に目を譲ったのなら、その目の外し方も、分かっているに違いない。

「ただ、その猫又三太が、見つかるかどうかは、分からないんだ。てんげんつうだって、一度くらいは三太を、探している気がするし」

しかし、未《ま》だ見つけられていないのだ。つまり若だんなの猫又探しは、余程難しい話になると思われた。

「それでも、他に考えが浮かばない。だから私は、猫又を追ってみたいと思う」

若だんなはここで、先だって買ってもらった、沢山の手ぬぐいを持ち出してくると、何通かの文を付けた。そして、仲間の猫又達へ渡してもらえないかと、おしろへ頼んでみる。

「ええ、いいですよ。私は他の案が浮かばないんで、このお役目で役に立つと嬉《うれ》しいです」

おしろは手ぬぐいを抱え、さっそく表へ出て行く。するとこの時、残った兄や達は、渋い顔を若だんなへ向けた。

「若だんな、てんげんつうは、あの千里眼を捨てたいと、若だんなへ頼みました。救ってくれと言ってましたね」

当人が語っていたように、千里眼を持つてんげんつうは、その力故《ゆえ》に、酷い目にも遭ってきたと思われる。だから、殺されるかもと怯《おび》えるてんげんつうの気持ちは、本物に違いない。

けれど、だ。あのてんげんつうは、だからといって目を失うと、困ることが色々出てくるはずと、仁吉が言った。

「千里眼があれば、金に困ることなどありません。紙入れが落ちている場所くらい、直ぐに見つけられるでしょう。先々流行《はや》る商売が何かも、あの男になら見極められます」

　自分で商売をする必要すらない。その話を、てんげんつうを信じている誰かに、売ればいいのだ。そうやって今まで困らずに、暮らしてこられたはずだ。

「ですから、いざ、本当に目を失うとなったら、てんげんつうは腰が引けると思うのです。だから並とは違う力があるのに、いつまで経《た》っても、己《おのれ》の目を捨てられずにいるんですよ」

　佐助が頷く。

「広徳寺から逃げたがっているのも、そのせいでしょう。寛朝様が護符を使い、力があることを示したので、てんげんつうは心の奥で、怖くなったのだと思います」

　てんげんつうは、今の己が嫌かもしれないが、元の、何者でもない己に戻るのは、もっと怖いに違いない。佐助はそう言うのだ。

　すると場久や金次、屏風のぞきなど、離れに集っていた妖達が、眉間《みけん》に皺《しわ》を寄せる。

「便利な目は欲しいが、その目の力が、厄介事を引き寄せるのは、勘弁だってことかい？　勝手な考えだね」

　金次は真っ先に、口元を歪《ゆが》めた。貧乏神だから、その力ゆえに嫌われることも多いはずであった。場久とて、悪夢を食べる獏《ばく》として、食べ続けるのが辛かったと以前話している。

「だから今、悪夢を吐き出す手立てとして、怪談を語る落語家になってるんですから」

皆は、うんざりとした顔つきになった。

「あのてんげんつう、千里眼が欲しいのか、欲しくないのか。若だんな、あいつを救う手立てを考える前に、一回、そこんところを聞いた方が、いい気がするよ」

屏風のぞきの言葉に、若だんなも頷く。そうでないと、頼まれて助けようとしている相手から、反撃されかねない。

ここで屏風のぞきが、口元を歪めた。

「千里眼ではいたい。でも、誰からも嫌われたくない。そんなことを、言い出しそうで怖いねえ」

佐助が怖い顔で頷くと、仁吉があっさり言った。

「そんな勝手な考えで、若だんなを煩《わずら》わせようというなら、もう手加減は不要です。私と佐助、寛朝様や秋英さんなどが総掛かりで、あいつの目から、千里眼を切り離すまでですよ。左目は駄目になるかもしれませんが、仕方がない」

離れの皆は頷き合うと、仁吉が広徳寺へ、文を書くことになった。

「とにかく、かもしれない、という話ばかりしていても、先に進みません。一度、てんげんつうの考えを聞かなくては」

離れでまた騒がれては、若だんなが危うい。今度は皆で、広徳寺へ向かうことに決めた。ただ、まだ舟で広徳寺へ行けるほど、若だんなの調子が良くないので、少し間を置いての訪問に、なってしまうだろうと思われた。

「離れで寝ている間は、猫又三太を探しましょう」

兄や達が頷き、守狐《もりぎつね》が文を手に、上野の方へと向かった。

十日後のこと。若だんなが咳をして、上野へ出かけられないでいる内に、長崎屋の離れは、庭から客を迎えることになった。

最初に訪ねてきたのは、戸塚から来たと言う、手ぬぐいを携えた猫又達だ。長崎屋の妖達は、千里眼の元の持ち主、三太が見つかったのかと沸いたが、よく見れば、四人居る猫又達の内に、三毛はいなかった。

「きゅんげ？」

その上何故《なぜ》だか離れには、猫又と一緒に、河童《かっぱ》もやってきたのだ。

「私らは東海道を、戸塚から二里ばかり上った先の、藤沢宿近く、境川に住む河童でございます。自分は、高菜《たかな》と言います」

関八州の河童を統《す》べる大親分、禰々子《ねねこ》河童の支配下の者だから、長崎屋とも縁が深いと、高菜らは言ってきた。よって藤沢の河童達は、長崎屋から戸塚へ何か知らせが入ったと、妖達の噂《うわさ》を聞いた時、わざわざ隣の宿まで行き、事情を問うたのだ。

「何でも、猫又になって十年ほどの、ひよっこ猫又を探しているんだとか。三毛じゃないと、駄目だってことでした」

しかし戸塚の宿には今、猫又の年十歳で、三毛の猫又はいないらしかった。猫又で有名な宿ではあったが、そういうこともあろうと、河童達は頷いた。

しかしここで河童達は、首を傾げる話を聞いたのだ。

「戸塚の猫又達は、何の役にも立ちませんでした。江戸からの問いに、うちには十の猫又で、三毛の三太はいないと返答をしただけです」

ところが、だ。戸塚の猫又達は、長崎屋の文に添えられていた礼品の手ぬぐいを、図々《ずうずう》しくも、我が物としていたのだ。

「それで我ら河童は、若だんなの困り事を何とかするため、江戸へ行くことを決めました」

猫又探しに、河童が力を貸せるかもしれないではないか。関八州に、禰々子の手下達は多いのだ。寺参りに行くと、よく一族の者に会うと、高菜は言っている。

「途中、利根川《とねがわ》へ寄って禰々子様にご挨拶《あいさつ》をし、長崎屋への言づてなどを届けることが叶《かな》いましたら、喜ばれましょう」

となると、だ。ここで高菜は、猫又達の荷へ、厳しい目を向ける。

「何もやっていない猫又ではなく、我ら境川の河童が、手ぬぐいを頂戴《ちょうだい》するべきではございませんか。江戸の手ぬぐいを差し上げれば、禰々子親分も喜ぶはずでございます」

よって河童達は旅に出たとき、戸塚の猫又達へ、手ぬぐいを譲るように言ったのだ。だが何もしていない猫又達は、強突《ごうつ》く張《ば》りであった。河童へ、手ぬぐいを寄越さなかったのだ。

「納得いきませぬ。こうして江戸へ来た境川の河童こそ、長崎屋の手ぬぐいを、手にするべきなのです」

すると横から猫又達が、にゃにゃにゃと笑い出した。中でも一番偉いのか、小久間《こぐま》という名の猫又が話しだす。河童が勝手な話を、江戸で広めかねないので、こうして江戸まで来たと、まず言った。

「関係のない河童は、黙っておれ。我ら戸塚の猫又と、江戸の長崎屋は、前々から深き縁で結ばれておるのだ」

手ぬぐいを贈られたのも、今回が初めてではない。猫又達が胸を張って言うと、河童が言い返す。

「つまり、昔から役立たずであったのに、手ぬぐいだけは、手に入れておったわけか。若だんな、これが良き機会だ。役に立たぬ猫又より、この河童を頼って頂きたい」

「にゃんだとっ」

驚いたことに、かつて千里眼を持っていた猫又探しは、思わぬ方へ転がっていた。手ぬぐいをどちらが得るかを巡って、猫又の小久間と河童の高菜が、角突き合わせたのだ。

「三毛の三太のことを、文で聞いただけなのに。何でこんなことに、なったのかしら」

縁側で揉《も》める者達へ、若だんなが困った顔を向けると、横で金次が渋うちわを煽《あお》いだ。

「そりゃ、長崎屋の我らはさ、てんげんつうを、これから締め上げようとしてんだ。あいつがそれを千里眼で見通して、思いっきり嫌がらせをしてきているのかもな」

てんげんつうが、どうやって猫又と河童を長崎屋へ呼びよせたのか、それは分からない。しかし貧乏神は、人や妖を動かす手は色々あると言い、にたりと笑った。

「若だんな、きっとこれはてんげんつうと、我ら長崎屋の者の、戦なんだよ。いや、他にも巻き込まれた御《ご》仁《じん》はいるよな」

そう言うと貧乏神の手が、長崎屋横手の木戸を指す。そして、またしても開いた戸から、新たな者が入って来たことを、若だんなへ伝えたのだ。

6

手ぬぐいのことで、言い合っていた妖達が、さっと二手に割れた。庭に立つ河童と猫又の後ろから、僧衣の者達が現れてきたからだ。仁吉が、片眉《かたまゆ》を引き上げる。

「おや、寛朝様ではありませんか。よくおいで下さいました」

見れば寛朝は今日、腰の所をしっかり縛り上げたてんげんつうと、弟子の秋英を連れている。江戸でも名高い名僧は、困ったような笑いを浮かべ、またも寝込んだ若だんなが、広徳寺を訪れる日が待てず、来てしまったと語りだした。

「てんげんつうが来て以来、広徳寺の僧達が、その言葉に、振り回されるようになってな。考え込んでは駄目だと言ったし、皆、己で分かっておる。しかしそれでも、気になってしまうようだ」

寛朝自身もそうなのだから、不運から超然としているのは、無理な話なのだろう。千里眼は実際、ものを見抜いてしまうのだから。

「そんな時、若だんなから、こちらへ来るという文を貰《もら》った。すると、早く千里眼の悩みが終わって欲しいと、僧達が落ち着かなくなった」

よって、若だんなが上野へ来るという話ではあったが……こうして通町まで、てんげんつうを連れてきてしまったのだ。若だんなは離れの端近《はしぢか》へ進むと、寛朝へ頭を下げた。

「済みません、広徳寺に、ご迷惑をおかけしているようです」

仁吉は寛朝と秋英、てんげんつうを、離れへ上げた。妖達も更に現れ、離れの襖《ふすま》を取り払っても、部屋が一杯だ。それで、今も揉め続けている高菜河童と小久間猫又は庭へ出て、古木の辺りで話を続けることになった。

一方寛朝は、若だんなと向き合い、両の眉尻を下げている。

「若だんな、正直に言おう。兄や方から貰った五十両は、既に使ってしまった。なのにだ、わしは未だ、このてんげんつうの悩みを、何とか出来てはおらぬ」

高僧は、至って正直に言うと、頭を下げてくる。すると仁吉が、若だんなが答える前に、金のことは気にしてくれるなと僧へ告げた。そして、てんげんつうの方を見ると、良い機会だと言い、長崎屋の皆が確かめたかった件を、さっさと問うたのだ。

「てんげんつう、お前さんは若だんなへ、千里眼を持つ苦しみから、救って欲しいと言ったな？　若だんななら、何とか出来ると分かったからと」

突然長崎屋へ現れたのは、それを言うためであったはずだ。確かに、そういう願いで間違いないと、仁吉は、てんげんつうへ念押しをする。

すると、てんげんつうの腰が引け、何やら疑り深い目で仁吉を見つめた。

「その通りだよ。確かにおれは、救って欲しいと、若だんなへ願った」

千里眼が示したのだから、長崎屋の若だんなこそ、てんげんつうを救ってくれる者なのだ。

「でも……何で今更、わざわざそのことを、確かめてくるんだ？」

眉間に皺を寄せたてんげんつうへ、ここで若だんなが語りかける。

「それはね、長崎屋の者に、今ひとつ分からないことが、あったからなんだ」

てんげんつうは本当に千里眼を、厭《いと》うているのか。

「そこの所を確かめておかないと、何をしたらいいのか、分からないからね」

目を見開いた寛朝の横で、秋英が短い声をあげた。

「えっ？　それはもちろん、千里眼を捨てたいのでしょう？」

その目を大事にしたいのなら、わざわざ救ってくれと言って、長崎屋へ来る必要などないではないか。てんげんつうは今のまま、千里眼として生きていけば良かったのだ。

若だんなは、言葉を重ねる。

「じゃあ、てんげんつうの目を、元の並の目と取り替えてもいいんだね。万一の時は左目を失っても、千里眼から逃げたい。そう思っているということで、いいね？」

だが、ここでてんげんつうが、歯を食いしばった。

「でも、この目がなくなったら、おれは色々、見ることが、出来なくなるよな？」

屛風のぞきが、眉をひそめた。

「そりゃ、そうだよ。見えるから厭われるんだ。下手をすれば、殺される。それが嫌なんだろ？」

いや、何に代えても見える方がいいのなら、このままでもいい。

「今のままを選ぶのは簡単で、あたし達も、そっちが助かるさ」

屛風のぞきが、どっちなんだと迫ると、てんげんつうのまなざしが、畳へ落ちる。

それから……随分長い間、黙ってしまった。

「きゅんべ？」

小鬼達が首を傾げつつ、てんげんつうへ寄っていっても、見もしない。その内鳴家《やなり》達は興味津々《しんしん》、触りだしたが、それでも嫌がる素振りすらしなかった。

そして、そして。

てんげんつうは、そろりと顔を上げると、若だんなの顔を見てきた。その一寸《いっすん》、長崎屋の妖達は、一斉に身構えた。そして。

てんげんつうは、まさか言わないだろうと思っていた言葉を、口にしたのだ。

「千里眼じゃなくなるのは、実は嫌なんだ。おれ、何もできない、ただの男になっちまうだろ？　坊さんだって、もうおれのこと、怖がらなくなるだろ？」

だがしかし。それでもだ。

「誰からも殺されたくない」

つまり、だから、何としても。

「若だんな、おれのことを救ってくれ。だけどさ、千里眼が駄目になるのは、嫌だ。止《や》めてくれ」

途端、長崎屋の妖達が、うめくような声を上げた。

「うわぁ、本当に、勝手なこと言い出したっ」

ならばだ。長崎屋の面々が、てんげんつうをどう扱うか、既に答えは出ている。兄や達はとっくに、決めていたからだ。佐助がそれを、口にした。

「勝手な考えで、若だんなを煩わせたというなら、もう手加減は不要。妖や御坊が総掛かりで、てんげんつうの目から、千里眼を切り離すまでだ」

　そうやって強引にでも、今回の騒ぎを終わらせるのだ。佐助がてんげんつうの目の前で、仁王立ちになった。

「たとえこの場に、かつて千里眼を持っていた、三毛の三太がいなくとも、我らに目一つ、奪えないわけがない」

　寛朝がいる。秋英もいる。二人は、援護をしてくれるに違いない。ただ、左目を失う恐れがあったため、今まで皆は、無理をしてこなかっただけなのだ。

「だがな、お前さんの勝手な願いばかりを、押しつけられる訳にはいかない。そうだろう？」

　佐助が離れの部屋内で、一歩近づくと、てんげんつうは大きく身を引いた。しかし、腰に結ばれている紐《ひも》があり、秋英からは大して離れられない。慌《あわ》てて解こうとする手を、秋英が摑《つか》んだ。二人が睨《にら》み合う。

すると、突然静かになった部屋の内を、猫又と河童がのぞき込んできた。未だ、いがみ合い続けていた双方は、揃《そろ》って首を傾《かし》げていた。

「みゃん、千里眼とは何の話だ？」

「手ぬぐいと、関係があるのか？」

すると、佐助が眼前に迫ってきたとき、てんげんつうは、こう言い放ったのだ。

「良いことを教えてやろう。若だんなはこの先、とんでもない目に遭う。大きなものがぶつかって、体ごと吹っ飛ばされるんだ」

ああ、酷く苦しそうな顔をしているのが見えると、てんげんつうが言う。

「おれに構うより、直《す》ぐに若だんなを救わなくて、いいのかい？　この若だんな、つい先日も、寝込んだじゃないか？　今度こそ、大事になるぞ」

ほら、こうしている間にも、若だんなに危機が迫る。おれを放っておけ。てんげんつうからそう言われて、兄や達の足が一瞬止まった。

7

てんげんつうの腰に巻かれていた紐が、ここで見事に解けて落ちた。にたりと笑った男は、さっと立ち上がると、庭へと逃げ出してゆく。

すると、だ。猫又と河童は、争いに割って入られて、目を吊《つ》り上げた。その上小久間猫又は、庭に降りたてんげんつうの顔を見て、一言「あっ」と声を上げたのだ。

「お主のその目っ！　それは我ら猫又の一族が頂いた、千里眼ではないかっ」

確か三百年ほど昔のこと、寺を作り、後生を願った一人の武士が、悪辣《あくらつ》な敵方から殺されそうになった。おまけに敵は、寺へ火を放とうとしたので、屋根裏に住んでいた猫又三太が、その男と寺を救ったという。

「寺に収められていた広目天《こうもくてん》様が、その行い見事なりと言って、踏んづけておいでだった鬼の目を、我ら猫又に下さったのだ」

三太は千里眼持ちの猫又となった。その目は三太亡《な》き後、頭の後ろをぽんと叩《たた》いて取り出され、子の二太《にた》に受け継がれたと、猫又達は思っていたのだ。

「なのになぜ、人が蒼《あお》い千里眼を、左目に宿しているのか」

許せん奴《やつ》だと、小久間がいきり立つ。

「おのれ、猫又を狩って目を奪ったな」

途端、今まで戦っていた河童が、猫又の方に加勢すると言い出した。長崎屋離れ前の庭で、河童もてんげんつうを睨んだ。

「どんな宝だろうと、広目天様からの下されものを、人が奪うことなど許されぬわ。この河童、猫又殿に加勢いたす」

「おお、河童は、立派な考えをお持ちなのだな。感服いたした」

ならばこれ以降は、争うのではなく、長き付き合いを望みたいものだと、猫又が言い出した。何しろ、小久間猫又の宿は戸塚、そして高菜河童の宿は藤沢で、隣同士なのだ。

「ならば、良き友となれますな」

「ええ、その通りで」

「ついさっきまでだったら、隣同士であれば、宿敵になると言い出しかねなかったのに」

屛風のぞきがびっくりしていたが、一つでも揉め事が片付くのは大歓迎だったので、若だんなは付喪《つくも》神《がみ》のぼやき声を止める。猫又達はその間に、半円を描くようにして、てんげんつうを取り囲んだ。

「逃がすもんじゃないさ。我ら猫又は長年、その怖くて蒼い目と、付き合ってきたのだから」

確かに千里眼は、敵方にすると恐ろしいものだと、小久間は言い出した。ただしだ。

「大勢が、あれこれ話してる場所だと、見える物が重なって、何が起きるかはっきりしなくなるんだ。三太はそう言っていたぞ」

だからきっと千里眼を奪ったてんげんつうは、猫又がこうして戦いを挑むことを、まだ見通せていないに違いない。よって猫又達は、千里眼と相対する時、余程大勢で戦うのだ。

「今、この長崎屋には、我らの他に、河童方もいる。離れの妖達もいる。役に立つかどうか知らぬが、坊主《ぼうず》までいるからな」

一度に全《すべ》ての動きを見通すことは、できなかろう。

「にわかの千里眼などが、われらと戦えるものか」

目を取り戻さねば、広目天様に申し訳がない。猫又がそう言うと、離れの中で寛朝と秋英が、顔を見合わせた。

「広目天様！　若だんな、忘れておった」

「寛朝様、どうなすったのですか？」

「広目天様は、千里眼をお持ちだという話を、聞いたことがある。足で踏みつけておいでの鬼にも、その目を持つ者がいるとか」

つまり、だから。

「あのてんげんつうは、広目天様がおいでの寺へ、連れて行けばよかったのだ。ああやっと、いかにすればよいのか道が見えたわ」

千里眼の力を承知している広目天が、いいように始末をつけたに、違いないのだ。寛朝が嬉しげに言うと、てんげんつうが庭で、裏返った声を出した。

「勝手に決めるな。おれは若だんなへ、救ってくれと言ったんだ。だが力を失うのは、嫌だとも言ったんだぞ」

「広目天様は、きっと本当の意味で、てんげんつうさんを、救って下さいますよ」

「何が本当か、若だんなが決めるんじゃないっ」

片眉をつり上げたてんげんつうが、ここでさっと右手へ動いた。すると、丁度右へ回り込もうとしていた河童が、その手に捕まってしまう。

「はは、先が全く見えないわけじゃ、ないもんだ。おれは、てんげんつうだ。千里眼なんだから」

思い切り河童を振ると、てんげんつうはその身を、佐助へと放った。佐助はさらりと避《よ》け、その奥にいた仁吉は、河童をぽんと上へ弾《はじ》いて避けた。

河童は屋根より高く上がり、悲鳴を上げたが、今の今、同志となった猫又が、さっと柱を登り飛び上がって、身を捕らえる。そして友を支え、無事に屋根へ降り立ったのだ。

離れでは佐助が、一気に飛び出て、てんげんつうを摑もうとした。男は必死に逃れ、縁側から離れへ上がり込んだ。小鬼達が一斉に奥へと逃げ、大騒ぎになる。

だが一匹が逃げ遅れて、てんげんつうに摑まれ、悲鳴を上げた。若だんながその手に飛びつくと、てんげんつうは小鬼を放り、代わりに若だんなの腕を摑んだ。

「きゅいーっ」

吹っ飛んだ小鬼の悲鳴を聞き、仁吉がてんげんつうへ飛びかかる。てんげんつうは、その動きを待ち構えており、若だんなの体を振り回し、逃れようとした。

しかし、風のように素早く動いた佐助が、捕らえようとする。二人から逃げようと、若だんなの腕を摑んだまま、てんげんつうが思い切り身を回した。すると。

更に勢いよく振り回されて、若だんなの体が、仁吉の頭より高く浮き上がったのだ。落ちれば前に身を打った時より、酷いことになると分かった。ただ。

（あっ……）

浮き上がったので、少し下、本当に近い所に、てんげんつうの顔が見えていた。

（今ならてんげんつうへ、手が届く）

直ぐに落ちると分かったから、若だんなは一瞬で腹を決めた。

（三太という猫又の千里眼は、頭の後ろをぽんと叩いて、取り出されたんだ）

ならばてんげんつうの千里眼も、意外な程簡単に、目から飛び出るかもしれない。頭の後ろを強く叩けば良い。やれる気がする。

なぜなら若だんなこそ、てんげんつうを救える者だと、てんげんつう自身が言ったからだ。千里眼を持った、その人の言葉であったからだ。

出来る！

考えたのは、瞬《まばた》きするほどの間だったと思う。若だんなは落ちながら手を伸ばし、左手をてんげんつうの顔に添えると、思い切り頭の後ろを叩いた。

すると、ぽんと明るい音が聞こえた。

あっと、短い叫び声も耳にした。

目を見張っている間に、何か光るものが、頭の上を飛んで行くのが分かった。

そして若だんなは落ちた。落ち続ける。ほんの短い間なのに、長く長く落ちてゆく気がして、それが不思議だった。

（ああ、てんげんつうが言った通りになるな。畳へぶつかって、悲鳴を上げるんだろう）

そして、また息が出来なくなる。若だんなが身構えたその時、体の下に何かが滑り込んできて、すんでの所で、若だんなを受け止めた。そしてふわりと横に転がり、身を打ち付けるのを防いでくれる。

「ま、間に合った」

声で、仁吉だと分かった。その時、ぎゃあっという声が聞こえ、拳《こぶし》の音もして、何が起きたか知れた。佐助がてんげんつうを捕らえ、ついでに一発、拳固《げんこ》を食らわせたのだ。

「よし、受け取った」

ここで寛朝の声も続き、てんげんつうの目から飛び出た千里眼を、無事、落とさず手に出来たのだと分かる。

ただ、その目は蒼く光って寛朝を見つめてきたらしく、高僧はうなっていた。そして、恐ろしいので、大急ぎで広目天へ受け取ってもらいに行きたいと言い出した。

「ええと、弟子。広目天様はどこの寺なら、お会いすることが叶うかな」

「そうですね……寛朝様、護国寺《ごこくじ》ならば広目天像が、おいでになったと思います」

他にもあるだろうが、秋英には今、思い浮かばないという。

「ならば護国寺へ行こう。では舟を、急ぎ頼まねば」

なぜならと、寛朝は口元を歪めつつ言った。己がこの目を欲しくならぬ内に、大急ぎで広目天に、受け取ってもらわねばならぬのだ。

「これは怖い代物《しろもの》だな。これを己の目に出来れば、明日からと、これまでのことが見える。人の心の内が分かる。手にしたとたん、ものにしたくなる目だ。己が、本心欲しがっていると分かって、今、震えとるわ」

ならば、この千里眼が行き着いてもよい先は、既に千里眼を持ち、その力を持っても揺るがない、広目天のところしかなかろう。寛朝は離れから走り出そうとして、一瞬、足を止めた。

「だから、てんげんつう、この目のことは諦《あきら》めろ。人が持つには、恐ろしすぎるものゆえ」

そう言い置くと、寛朝は秋英と共に、長崎屋から駆けだしてゆく。それを見送った後、離れには、呆然《ぼうぜん》とした顔の元のてんげんつうと、妖達が残った。

いや、屋根には河童と猫又もいて、まだことがどうなったのかを掴みきれず、首を傾げている。

ただ若だんなは、皆へ委細を話すことが出来なかった。仁吉が背負い、佐助と共に、医者源信《げんしん》のところへ、既に向かっていたからだ。

「ああ、おれは何者でもなくなっちまった。これからどこへ行って、何をして生きればいいんだ？」

長崎屋の庭で、妖達とてんげんつうが、互いに顔を見合わせた。

8

後のこと。寛朝が護国寺へ運んだ千里眼は、無事に広目天が収めて下さったと、若だんなは、寝込んでいる離れで耳にした。

広徳寺の僧達は、てんげんつうが居なくなった後、ぐっと落ち着きを取り戻し、寺での悩み事は消えていったという。

戸塚の猫又と藤沢の河童は、一緒に帰るため、東海道を上っていった。てんげんつうのことで力を貸してもらったからと、若だんなは猫又にも河童にも、新たに沢山の手ぬぐいを贈ることになった。

そんな中、一番これからのことを悩んだのは、元のてんげんつうであった。

この十年、ただの人とは言いがたい者と、化していたのだ。千里眼を失ったからといって、直ぐに、並人《なみびと》の暮らしに馴染めるわけもなかった。

しかし既に身内との縁も、切れてしまっている。今回も寝込んだ若だんなと、てんげんつうが来たことを怒っている兄や達では、なかなか身の振り方を決められなかった。

　だがある日、見舞客を離れへ迎えて、ようよう、これからのことが決まった。

「若だんな、小まめに寝込むねえ。いっそ、凄《すご》いというか」

　ある日、そう言って豪快に笑ったのは、河童の大親分、禰々子であった。配下の高菜河童から、久方ぶりに若だんなの名を聞いたというので、沢山の川魚を見舞いの品として持ち、離れに来てくれたのだ。

「お会いできて嬉しいです。禰々子親分」

「親分は、よしとくれな」

　せっかく来てくれたのだからと、若だんなは返礼の品として、禰々子にも手ぬぐいを渡した。そして一連の騒動について語り、てんげんつうが、居場所を探していると付け加えた。

　すると禰々子は、面白い仕事先を知っていると言ってきたのだ。

「私ら河童がやってる、店で働くのはどうだい？」

「おや、河童さん方は、店を持っておいでだったんですか」

　仁吉や佐助も、その話には驚いている。禰々子によると、店が一軒あると、人のものを買えるし、遠くの河童へ、それを送ることも出来て、都合がいいというのだ。

「ただ、不便もあるけどね。人相手の商売をするとなったら、人に化けなきゃならない。河童には、それが苦手な奴も多いんだよ」

となると、一人本当の人が居てくれれば、禰々子達には都合がいい。そして、てんげんつうであれば、既に妖に馴染《なじ》んでいる。河童も猫又も、長崎屋の若だんなのことさえ知っているのだ。

「お互い、助かるんじゃないかと思うよ。ほい、てんげんつうさん、どう思うかい？」

「おれは……河童の店で働きたいです」

話はまとまり、てんげんつうは早々に、利根川河畔にある店へ向かった。最初は、明日や昔のことが分からないことに、不安を口にしていたてんげんつうだったが、じきに慣れたようだと、河童達が文で知らせてきた。千里眼がどういうものだったのかを、日に日に、思い出せなくなっていったのだ。

「ああ、終わったんだ」

若だんなが、ほっと息を吐いた日は、離れには客人がいなかった。やっと静かに、時が刻まれていた。

「良かったねえ。これで落ち着いたよ」

そう言ってみると、碁を打っていた屏風《びょうぶ》のぞきと金次が、布団《ふとん》の横から、妙な顔を向けてくる。二人は、そんなことを言う前に、若だんなは床上げしなくてはと言ったのだ。

「でないと、てんげんつうの一件は終わらないよ。兄《にい》やさん達の機嫌が、戻らないからさ」

「あれま屏風のぞき、そうだったね」

ならば頑張ってみようと、若だんなはようよう布団から身を起こし、盤面をのぞき込む。

「あ、金次が勝ってる」

思わずそう言ってしまったところ、屏風のぞきが必死に挽回策《ばんかいさく》を考え、次の一手を打った。ところが、今日も楽しく盤へよじ登ってきた小鬼達が、その碁石を蹴《け》飛《と》ばし、更に別の石を四つも動かしてしまった。

「あっ、あたしが勝ってた勝負が……」

「金次、どうする？　この勝負、続ける？　勝負なしとする？」

「若だんな、続けた場合、この屏風のぞきは、次にどう打ったらいいんだ、これ？」

三人が考え込んだ脇《わき》で、鳴家達はきゅいと鳴いて、碁よりお八《や》つを食べようと言ってきた。ならばとりあえず大福《だいふく》でも買って、焼こうかという話になって、金次が立ち上がる。若だんなも食べると言うと、ようよう床上げも近いかと、妖《あやかし》達が笑った。

くりかえし

1

江戸は通町《とおりちょう》にある、長崎屋《ながさきや》の若だんなは、今日もまた寝付いていた。

小さな頃から、繰り返し繰り返し、もう何度目か分からない程、病に罹《かか》っていたから、強者《つわもの》の病人とも言える。だから若だんなは最近、床に伏せりつつも、頑張っているのだ。

長崎屋は祖母の縁で、もうずっと前から、人ならぬ者と縁が深かった。それで悪夢を食べる獏《ばく》、妖《あやかし》の場久《ばきゅう》に頼み、色々な夢の中に入って、調べごとをしているのだ。

今日、若だんなは夢の内へ入ると、いつもの離れで、貧乏神の金次《きんじ》と付喪神《つくもがみ》の屏風《びょうぶ》のぞきが、碁を打っているのを見かけた。若だんなが碁盤の傍らへ座ったところ、小鬼の鳴家《やなり》も来て、きゅいと嬉《うれ》しげな声を上げる。

すると屏風のぞきが、眉《まゆ》を引き上げた。

「おや、若だんな。夢に現れるとは珍しいね。ああ、悪夢を食う場久が、この夢を操ってるのか」

向かいから貧乏神の金次も、声を掛けてくる。

「ここんとこよく、人の夢の中で動いているって聞くぞ。いいのかい？　今、若だんなは寝てるんだ。大人しく休んでないと、また苦い薬を飲むことになるよ」

それにと、金次は言葉を続ける。

「場久の扱うこの夢は、悪夢だ。若だんな、あいつの夢に長く関わってると、それだけで、とんでもないことに、巻き込まれるかもしれないからね」

「えっ？　どういうこと？」

若だんなが、思わず問うたその時、鳴家が一匹、碁盤へよじ登ることに成功し、嬉しげな顔で、自分が一番だと声を上げた。そして碁盤の上を歩き出すと、直《す》ぐに碁石を幾つか蹴飛《けと》ばし、畳へ落としてしまう。屏風のぞきが、般若《はんにゃ》みたいな顔つきになった。

「おい小鬼、この勝負、どうするんだ。次にどう打ったらいいのか、見当もつかねえぞ」

「そうだねえ、訳が分からなくなったな」

金次はそう言ってから、小鬼をつまみ上げ、若だんなの膝《ひざ》へ放った。そして若だんなを見つつ、今、鳴家がやったことも、悪夢の一部だろうと言ってくる。

「鳴家が碁盤に登って、碁石を動かしちまったよな。おれは、これとよく似たことが、前にもあった気がするんだ」

奇妙な事に、最近同じ事が、夢の内でも起きているときでも、繰り返されているという。しかも一度ではなかった気がすると、金次は口にした。

「若だんなと碁を打ってる時にも、鳴家が碁石を蹴飛ばしてた。よく覚えてるよ」

多分、人である若だんなが何度も入り込んでいる事で、場久の悪夢は、妙な事になっているのだ。

「内から表へ、悪夢がこぼれ出ているのかもしれないよ」

ここで屏風のぞきが、鳴家が碁盤で馬鹿《ばか》をしたこと以外にも、繰り返されていることがあるか、問うて来た。若だんなは口ごもりつつ、それでも答えた。

「それは……ある気がする。例えば私が飲む、薬のこととか」

仁吉《にきち》が若だんなへ、とびきり苦い薬を作ることは、珍しくはない。だが最近、他の妖などから、大層珍しい妙薬が届くという、いつにないことが繰り返されていた。

それだけではない。

「騒動が起きたとき、薬師《やくし》如来《にょらい》様や広目天《こうもくてん》様など、天の方々に助けて頂くことも続いてる」

さらに、だ。

「中屋《なかや》での騒ぎも、ずっと起き続けてる気がするんだ。おかみさんのお末《すえ》さんが、無茶をし、離縁となった。中屋さんへ、山姥《やまんば》との縁談がいった。中屋さんの縁《ゆかり》の御坊《ごぼう》が、妖狐《ようこ》の仙太《せんた》から祟《たた》られた」

悩み事は変わっていくが、まるで波のように、変事が繰り返し中屋を襲っているのだ。金次はそれを聞くと、口元を歪《ゆが》めた。

「ならば、若だんな、そろそろ悪夢へ入るのは、止《や》めるんだな。次にどんな災難が現れ、どこへ降っていくか、分からねえから怖いよ」

「で、でも」

若だんなは、直ぐに頷《うなず》くことが出来なかった。今、寝付いているのだ。夢に入らないと、若だんなは長崎屋から出ていけない。

「悪夢の中には、ずいぶん前に戸塚へ皆が旅したときも、入ったよ。あの時は、何ともなかった」

だから、大丈夫だと思うと、言ってみる。しかし、金次は首を振った。

「一度、上手《うま》くいったからって、次も、大丈夫だとは限らないだろ」

前回は高僧寛朝《かんちょう》が、場久の夢に関わっていたと言ってくる。妖を見る事が出来、護符も書けるあの僧が、変事を幾らか、食い止めていたのかもしれないのだ。

若だんなは、必死に言葉を探した。

「中屋さんの騒動や、薬のことなんか、かなり前に起こったこともあるんだ。私が場久の夢の内へ、潜り込む前に起きたことも、あると思う」

つまり繰り返される奇妙な事は、悪夢とは関係ないかもしれない。確かに時期は、ずれていると言ってみた。

ところが金次は溜息《ためいき》をつき、若だんなの目を覗《のぞ》き込んでくる。隣で屏風のぞきも、眉尻《まゆじり》を下げた。

「若だんな、何とか夢へ入り続けたい、気持ちは分かるよ。だけどさ、多分、そうやって言い抜けるのは無理だ」

何故《なぜ》なら長崎屋の離れには、妖達が集っているからと、夢内の二人は言い始める。

「妖が関わった事は、奇妙なことになるもんさ。今日、夢の中から転がり出た悪夢が、三日前へ行っても、誰も驚きゃしない」

「そもそも、悪夢には危ういところがある。自分でもそう思っているから、若だんなは兄《にい》や達に、夢へ入る事を話していないのだ。

「言ってないだろ？」

金次が軽い調子で言った言葉は、しかし重く、若だんなの胸に響いた。

「鳴家の碁石蹴りが、繰り返されている。その内、若だんなが今回、寝込む元になった災難も、繰り返されるかもしれねえよ。そんなことになったら、怖《こ》ええだろうに」

つまり。若だんなは、ここで金次達へ目を向けると、ようよう口にした。

「私は、悪夢と関わるのを、止めねばならないんだね」

これでまた、寝てばかりの毎日に戻ることになるのだ。役立たず、一直線だ。

「きっと私はそれが、一番苦しいんだ。情けないね」

「きゅんべ？」

屏風のぞきが、優しく笑ってくれた。

「そいつが分かってりゃ、立派さ」

若だんなは頷いたが、直ぐに、最近の件だけは夢内で、何とかしたいと口にした。

「ねえ屏風のぞき、金次、於《お》りんちゃんの災難だけど、あれだけは、どうにかしたいんだ。どう片付けたらいいと思う？」

そもそも若だんなが、場久の力を借りて夢内へ入るようになったのは、於りんに呼ばれ、深川《ふかがわ》へ行ったからなのだ。すると妖二人は、顔を見合わせることになった。

「あの件か、何とか出来るもんかね」

金次も手立てを思い付かないのか、しかめ面《つら》でぱちりと石を打ってから、大木鉢に入った、饅頭《まんじゅう》を手にする。

「お菓子、食べたい」

蒲団《ふとん》の側《そば》にいた小鬼達が、金次の饅頭に近づいたが、貧乏神は小鬼の声が耳に届いていなかったのか、さっさと甘味を食べてしまう。そして、囁《ささや》いた。

「何しろ、深川にいた相手は、神様の名を持っているからさ。きっと手強《てごわ》いよぉ」

言われた若だんなが、夢の内で頷いた。

2

先だってのこと。いよいよ春めいてきたので、花見に行きませんかと、長崎屋の皆は誘われ浮き立った。若だんなの許嫁《いいなずけ》である中屋の於りんが、深川にある隅田川沿いの桜を、見に行こうと文をくれたのだ。

中屋の庭にある桜に、最初の花が咲いたところだという。よって深川ではあと七日ほどあれば、満開になるだろうと伝えてきた。

「隅田川の桜といえば、三囲《みめぐり》神社から木母寺《もくぼじ》まで、川に沿って咲く隅田堤のものが高名ですが。深川にも植えられたんですね」

猫又《ねこまた》のおしろの言葉に、若だんなが頷く。

「去年植木屋が、中屋から遠くない深川の堤に、桜を植えたんだって。なんでも、新しく作った桜らしいよ」

若木ながら花は大きく、色も美しく、しかも花が散った後に葉が出てくるという、きっぱりした性分の桜らしい。物珍しさもあって人を集めたと、於りんは書いていた。

〝堤の桜は今年も人を集めそうなので、そこでお弁当を広げるのは、無理かも知れません。ですので父が、花を見た後、中屋でお食事をするのはどうかと申しております〟

若だんなが、菓子と酒を手に行くと返事をしたので、長崎屋の面々は張り切った。何しろ於りんは、人には見えないはずの鳴家を見ることができる娘で、妖らと親しいのだ。

「この屏風のぞきと会えるんだ。於りんちゃんは、喜ぶだろうな」

「きゅんい、鳴家は於りんちゃんと遊ぶ」

「きゅわ、お菓子も沢山食べる」

「鳴家や、深川へ何をしに行くのか、分かってるかな？」

兄やの仁吉が問うと、鳴家達は胸を反らし、誇らしげに言った。

「食べて遊んで寝るの」

「……桜は？」

「食べられない」

まことに正しい返事があったので、若だんな達は離れで、明るく笑いだした。

七日後のよく晴れた日、若だんなと兄や達は、舟で深川へ向かった。鳴家、金次、おしろ、屏風のぞきに場久など、人の姿に化けられる妖達も、重箱と酒樽《さかだる》を手に舟へ乗り込み、化《ば》け狐《ぎつね》が船頭になって漕《こ》いでいったのだ。

舟を岸へ寄せていくと、川の堤が見え、出迎えなのか、中屋の半纏《はんてん》を着た者が桟橋へ寄ってくる。だが近くに花が咲く木は見えず、どの辺りに桜を植えたのだろうと、皆は首を傾《かし》げつつ、深川の岸へ上がった。

すると、土手を降りてきた中屋の男が、番頭の太《た》助《すけ》を名のってくる。

「長崎屋の若だんな、皆様、ありがとうございます。主人の中屋も、楽しみにお待ちしております」

ただ。ここで番頭は、酷《ひど》く言いにくそうな様子で、言葉を付け足してきたのだ。

「その、於りんお嬢さんは、具合が悪くおなりで。申し訳ないのですが、今日はご一緒できないのです」

「おや、それは残念です」

　いつもの若だんなと、逆さまなことになったわけで、間の悪いことだと、妖達は眉根を寄せている。若だんなは優しい調子で言った。

「ならば今日は、お花見ではなく、お見舞いに来たということで。お菓子も持ってきました。於りんちゃんに、食べてもらえるといいのですが」

　ところが、この言葉を聞いたとき、堤を登っていた番頭は、足下を向いてしまったのだ。

「じつはその……お嬢さんは今、若だんなとお会いできないと思います」

「えっ？」

「おや若だんな、振られたのかい？」

　金次が土手で明るく言い、横から佐助《さすけ》がごつんと拳固《げんこ》を降らせた。仁吉が落ち着いた顔で、何かあったのかと問うと、番頭は土手の、少し先に立つ木を見て顔を顰《しか》める。

「実は、若だんな方をお招きした後、お嬢さんは桜の花のことを、気にされてました」

　去年は、土手に植えられて間もなかったのに、ちゃんと咲いた。なのに。

「今年は一向に、咲いたという話が伝わって来ません。花のある堤は、店からそんなに遠くはありません。ですが、直《じか》に木が見える程、近くもありません」

　それで於りんは心配になったのか、昨日、花が咲いているかどうか、堤へ見に行ったのだ。すると。

「驚くじゃありませんか。今年は桜が、咲いていなかったんです」

　堤の下から眺めてみたが、桜に花はなかった。少し離れた場からだと、妙な茶色に見え、枯れているようにすら思えたのだ。

「きゅんべ」

「若木ですし、去年の花の後、駄目になったのかと思いました。残念ですが、中屋にも一本、桜はあります。あの桜で花見をしましょうと、お嬢さんに申し上げました」

　於りんは頷き、一旦《いったん》それで、ことは収まったと番頭は言う。ところが。

「後で若だんなへお伝えする為《ため》に、桜がどうなったのか、もっと近くで見ておくと、お嬢さんは言われまして」

　側堤まで来ているのだ。大した手間とも思えず、番頭は於りんと一緒に、木が植えられている堤へ登った。

すると思わぬ光景が、目の前に現れてきた。体の大きい番頭が、ぶるりと肩を震わせる。

「桜の木が、茶に見えた訳が分かりました。毛虫に、たかられていたんです。それはもう驚く程たっくさんの、毛虫に」

虫が桜の表に、敷き詰められているかのように見えたと、番頭は口にした。いつ頃から取っつかれていたのか、あれでは花など開くわけもないと、声を震わせている。

「花が咲かなかった代わりに、葉が早くも生えていたんですが、その色もろくに見えないほどでした」

於りんは吃驚《びっくり》したようで、一瞬、桜から飛び退《の》いたという。

「毛虫が苦手な娘御は、多いですからね。ああも数が多いのでは、わたしも近寄るのはご免と思いました」

番頭は早く、中屋へ帰ろうと言ったのだ。ところが於りんは帰る代わりに、落ちていた木の枝を拾った。そしてそれで、桜の毛虫を落とそうとし始めた。

「あれでは桜が可《か》哀想《わいそう》だ、何とかしなくちゃとおっしゃいました。お嬢さんは、優しいお人ですから」

しかし毛虫は余りにも多かった上、桜の木は、番頭の背丈よりも大きく、枝で毛虫が取り切れるとも思えない。木の側で、番頭が於りんを止めていると、驚いたことに二人へ、怒りの声がかけられた。毛虫だらけの桜の近くに、於りん達以外の者が来ていたのだ。

「職人風の、半纏を着た男達が、そりゃあ怖い顔をして、こっちへ駆けてきまして。半纏の背には、丸に花の字の、大きな背紋が付いてました」

そして彼らは、番頭が考えもしなかった言葉を向けてきたのだ。

「男達は、常世神《とこよのかみ》様に何をするのかと、顔を赤くして怒ったんです」

「常世神様って……？」

何のことだか、さっぱり分かりませんでしたと、番頭が若だんなへこぼす。

枯れかけの桜の横で、於りんと番頭が呆然《ぼうぜん》とし立ちすくんでいると、男らはとんでもない話を続けた。

「何と、あの毛虫たちが、神様だって言い出したんです。常世神様という名だそうで」

彼らに言わせると、常世神は、富や長寿をもたらしてくれる神なのだそうだ。三人の男は於りん達へ、神への狼藉《ろうぜき》は止めろと詰め寄ってきた。さもないと、祟りを受ける事になるぞと脅してきたのだ。

だが於りんは、はっきり言い返したらしい。

「そんな神様、聞いた事ないわ」

於りんが木の枝を捨てないでいると、男は眉をつり上げ、それをひったくろうとしてきたらしい。於りんが男の手を避《よ》けた時、よろけた。背中が桜の幹をどんと打ったのだ。もちろん、太い幹が折れたりすることはなかったが、木が揺れた。

そして、恐ろしいことになった。

「毛虫が束となって、落ちてきました。ええ、ええ、於りんお嬢さんに降りかかったんです」

於りんは毛虫まみれとなり、悲鳴をあげた。職人風の男達は、於りんを助けたりしなかったという。

番頭は一人で、それこそ決死の思いで、於りんを虫の山の中から救い出し、二人で中屋へ逃げ戻った。二人の総身から桜の毛虫がこぼれ、深川の道に落ち続けていったという。

「きょベーっ」

ここで番頭が申し訳なさそうに、言葉を締めくくり、頭を下げる。

「お嬢さんは今、顔や手が、かぶれておりまして。赤く腫《は》れ上がり、ひりひりとして痛いのだそうです」

自分の手や足もそうだから、分かると番頭はいう。そんな顔で、とても若だんなに会えないと、於りんは言ったのだ。

常世神の祟りは、確かに於りんへ降りかかっていた。

3

番頭から、毛虫の災難について聞いた若だんなは、深川へ行って、本当に良かったと思った。

一つには、仁吉に於りん達を、診て貰《もら》うことが出来たからだ。印籠《いんろう》に入れていた薬と、中屋にあった油などを使い、仁吉は素早く、虫のかぶれに良く効く塗り薬を作ってくれた。

仁吉は痛痒《いたがゆ》さが減るよう、於りんと番頭へ飲み薬も出した。その晩からぐっすり眠れると聞いて、二人はほっとした顔になり、涙をこぼしていたのだ。

そんな二人のそばで、花見の酒宴を開き、騒ぐ訳にもいかない。若だんな達は昼餉《ひるげ》をご馳走《ちそう》になった後、早々に中屋から帰宅することになった。

「ただ帰る前に、堤へ行って、去年植えられたという桜を見ておきたい。於りんちゃんが、また難儀に遭うと可哀想だし、手が打てたらいいと思う」

深川へは、気軽に来られないだろうから、今日行きたいと若だんなは言ったのだ。船着き場から遠くもない場所だから、兄や達も頷き、堤へ足を向けた。

すると珍しいことに、仁吉はその道すがら、首を傾げていたのだ。

「実は、常世神という神の名を、どこかで聞いた気がするのです。ところがどうも、思い出せないというか」

長崎屋の皆が、目を見開いて仁吉を見つめた。

「万物を知る白沢《はくたく》、仁吉に分からないことがあったなんて。その神様、一体何者なんだ？」

興味が出たのか、妖達が遊ぶように、道ですれ違った人達から桜の噂《うわさ》を拾ってゆく。

若だんなはその時、近所で虫にかぶれた人が出たからと、毛虫かぶれ用の塗り薬を、油紙に包んで差し出した。すると材木屋の職人達や、商家の下働き、振り売り、船頭らが喜んで受け取り、毛虫と桜について、どんどん話してくれたのだ。

まず商家の下働きが、去年の桜の花が終わる頃まで、新しい桜には、何の問題もなかったと口にした。

「綺麗《きれい》な桜だったよ。新しい桜だって聞いたから、どこの植木屋が作った花だろうかって、皆、話してた」

だが桜は、花が咲き終われば他の木と変わらず、話に上ることもなくなった。材木屋の職人二人は、堤の桜の、妙な話が聞こえ始めたのは、今年の正月過ぎだったと話した。

「新しい桜は、去年綺麗に咲いた。それで、堤へもっと沢山植えたらどうかって、話が出たんだと」

隅田川のもっと上流、向島の桜堤に行く花見客を、海に近い深川の方へ呼べないかという話になったのだ。人が多く深川へ来れば、料理屋や酒屋、菓子屋や振り売りなどが、儲《もう》かるに違いない。

「ところが、さ。いつの間にかその話は、なくなっちまったんだ」

新たな桜は、植えられなかったのだ。

その事情については、船着き場にいた船頭達が、子細を知っていた。

「舟に乗った客達が、話してたんだ」

最初に聞こえて来たのは、深川の堤の桜に、神様がいるという話だった。常世神という名の神様であった。

「桜に神が宿ると聞いた時は、素晴らしいと、深川の皆は歓迎したんだ」

近くに小さな社を建てたいと、言い出す者まで出たという。

「ところが今年になって、風向きが変わってきたんでさ」

桟橋の杭《くい》に腰掛けた船頭が、ひょいと肩をすくめる。常世神が何なのか、伝え聞いた者達が、眉をひそめたらしい。

「桜にいるっていう常世神様だがね、なんと、毛虫だって言うんだ」

最初、船頭達は冗談かと思ったのだが、違った。毛虫を神だと言い、大事にしている誰かは、本当にいたのだ。

「毛虫が桜にたかってたんで、始末しようとすると、怒鳴る男達が現れたってことだ」

桜をもっと植えようという話が、急に止まった。桜は虫だらけになり、植えられて二年目の今年は、花も咲かなかった。それどころか、あれではその内、端から枯れるだろうと、深川では言われているのだ。

「あの毛虫が常世神で、神様なら、己《おのれ》が住んでいる桜を救うべきだと思うがね」

富をもたらすどころか、木を枯らしてしまっては、やがて毛虫も死んでしまうだろう。

「毛虫の神様って、本当にいるのかね」

船頭が首を振り、話が終わると、若だんな達は礼を言って船着き場から堤へ登った。

すると、離れの者達だけになったとき、仁吉が喋《しゃべ》り始めた。なんと常世神のことを、思い出したというのだ。

「私がおぎん様と共にいた頃に、常世神の名を聞いたと思います。ええ、千年以上前の話です。確か平安の都にあった、宮中にいた頃のことですよ」

何でも昔、虫を神だと言い出した、変わった男がいたと、宮中の女房達が昔話をしていたという。

「ただ、常世神は毛虫ではなく、斑《ふ》のある芋虫でした。それで話を聞いても、思い出せなかったのですよ」

若だんなは、妖達と顔を見合わせた。

「あの、常世神様の話は、千年も前に、既に昔話になってたものなの？」

「あの神が信じられていたのは、多分、奈良に都があった頃ではないかと思います」

だがその信心は邪《よこしま》だと言われ、早々に廃《すた》れた筈《はず》だと、仁吉は口にする。

「なんで、その常世神様の名が、江戸の今頃出てきたのか、どうも分かりませんね」

「きゅい、去年より、昔？」

堤へ向かう道で、おしろが口を開く。

「昔、宮中の女房達が、話してたんです。だから神社かどこかに、書き付けでも残っていたのかもしれませんよ。それを読んだ人がいたのでは？」

その言葉に、皆が一斉に頷く。すると金次が、分からない点があると言い足した。

「そもそもなんで、毛虫なんか信じたいんだ？」

「きゅい、芋虫。毛虫じゃないの」

「小鬼、芋虫が神様なら信じるのか？」

「きゅべ金次、きっと美味《おい》しくない」

とにかく深川の桜には、古《いにしえ》の神が関わっていたと分かった。神仏が関わると、長崎屋の皆は苦労する事が多いから、兄や達は顔を顰めている。

「そうだね、何か、とんでもないことが起きなきゃいいけど」

ようよう堤へ行き着き、若だんなが隅田川を見下ろすと、流れはゆったりとしている。そして程なく海へ行き着く川が、大きな川幅を見せてきた辺りに、十本ほどの木が、行儀良く並んでいるのが見えた。

途端佐助の声が、渋いものに変わる。

「なんでこの時期に、桜が、あんな妙な色をしてるんだ？」

於りんの騒ぎを聞いていたから、覚悟はしていたが、花も葉も見えない木は、どうにも桜に見えない。若だんな達は、常世神が桜に何をしたのか、確かめようと近寄った。

すると、近くに桜が見えてきた時、妖達から大きな声が上がる。

「きゅべ、これ、ほんとに桜？」

若だんなの袖内《そでうち》にいた鳴家が、真っ先にそう言ってから、ぶるりと身を震わせた。

屏風のぞきとおしろは、足を止めてしまった。

「うわぁ。毛虫がいるとは思ってましたが、これほどとは」

葉がほとんど見えないのに、なぜああも沢山の毛虫がいるのか、若だんなには分からない。

「一体、何を食べてるのかしら」

呆然としつつ、それでももっと木へ近づくと、その内、毛虫に触れてもいないのに、総身が痒くなってくる。ふと確かめたくなって、堤に生えている他の木に目を向けたが、ちゃんと緑の色をしていた。

「どうしてここの桜だけが、こんなに毛虫だらけなんだろう」

「この桜の葉、よっぽど美味しいのかね」

「ぎゅい、食べたくない」

鳴家がごねるように言った、その時だ。足音が聞こえ、皆が振り返ると、職人風の三人の男達が、若だんな達の方へ駆けてきていた。中の一人は、大黒天が持つような袋を肩に掛けている。

「お前ら、何をしてるんだ。そこの桜におわすのは、常世神様なんだぞ」

人へ富をもたらし、長生きをさせて下さる、それはありがたい神なのだと、男らは言ってくる。半纏の背に、丸に花の字の、背紋が付いているのが見えた。

「だから、その虫に手を出しちゃならねえ」

「おや、中屋の番頭さんが話していたのと、そっくり同じことが、また起きたよ」

妖達が、顔を見合わせる。若だんなはこの成り行きに、一寸《いっすん》ひやりとした。

(於りんちゃんは今、毛虫にかぶれてしまってる。まさか、私達も、かぶれたりしないだろうね)

横では兄や達が、落ち着いた声を三人へ向けた。

「我らは、最近噂になっている桜を、見に来ただけです。ええ、あんまり沢山の毛虫が取っついてるんで、妙な色になってる桜が、深川にあるっていうんでね」

川端の堤へ来てみれば、噂以上のすさまじさで、桜がまだ枯れていないのが、不思議な程であった。

「一見の価値はありました」

次に、佐助が口を開く。

「葉っぱより、虫の方が多そうだ。一体毛虫は何を食べて、こんなに増えたんでしょうか。不思議ですね」

すると、だ。その、何気ない一言を聞いた途端、花の字を背負った年かさの男が、眉を吊《つ》り上げた。

「常世神様のなさることに、口を挟むな。神に逆らう輩《やから》は、富から見放されるのだぞ。長く生きてもいけないのさ」

だが、脅されたのが気にくわないのか、妖達は却《かえ》って、堤から離れようとはしなかった。すると年かさの男がやおら、担《かつ》いできた袋を肩から下ろした。そして、何をやる気かと見つめている間に、それこそ長崎屋の皆が、考えもしなかった災難を、もたらしてきたのだ。

「常世神様を恐れぬ奴《やつ》！　くらえっ！」

「きゅべ？」

小鬼が若だんなの袖から、顔を出した、まさにその時。男が体を回すようにして、抱えていた袋の中身を、ぶちまけてきたのだ。

途端、空が霞《かす》んだ。

「ぎょべーっ、ぺぎゃあっ」

鳴家の悲鳴が、堤に響き渡る。袋から湧《わ》き出たのは、悪夢が漏れ出てきたかのような、毛虫の山だった。

「ひあああっ」

余りに近くから撒《ま》かれ、若だんなは逃げる事すら出来なかった。仁吉と佐助が、文字通り己を盾にして毛虫を防いでくれたが、虫は雨のように降り、顔にかかった。頭に乗った。首も手も、兄や達をも覆《おお》って、もぞりと動いている。

若だんなは必死に口を塞《ふさ》ぎ、堤にうずくまった。体中が、一気に熱くなってくる。佐助が、自分達もかぶれていることなど構わず、若だんなを担ぎ上げると、毛虫をこぼしつつ、先ほど見た船着き場へ駆けだしていった。

若だんなは、中屋の番頭が、於りんと一緒に逃げた話を思い出していた。

4

若だんなと兄や達は、総身から毛虫を振り払いつつ、舟で何とか長崎屋へ着いた。一緒の舟に乗ると、払った毛虫に悩まされそうだったので、別の舟で長崎屋まで帰るよう、妖達には言い置いて戻ったのだ。

離れで横になった頃には、若だんなの手も足も顔も、腫れ上がってしまっていた。兄や達は、己のかぶれは構わず、まず若だんなのことを手当してくれた。

毛虫かぶれ用の薬は、既に作り方が分かっていたので、大いに助かった。離れで、盥《たらい》に一杯新たに作ると、鳴家達が小さな手でぺたぺたと、三人に油薬を塗りつけてくれる。

「きゅべ、楽しい」

薬は良く効いて、翌日には早々に、兄や達の腫れは引いていた。ところが若だんな一人、その後四日経《た》っても、具合はよくならなかったのだ。

離れで看病をしてくれる兄や達の目が、針のように細くなり、いつになく恐ろしい。

「おのれ、憎い毛虫どもが。誓ってこの後、鳥や魚の餌《えさ》にしてくれる」

そして何より、若だんなへ袋一杯の毛虫を投げつけた、あのろくでなしどもを、懲《こ》らしめねばならない。治らない若だんなの傍らで、二人はそう言いだし譲らなかった。

「並の人がやるような、やり方にしてね」

困った若だんなが頼むと、腫れも引いた後、仁吉達は深川を受け持つ町方へ、毛虫でとんでもない目に遭わされたと届けを出した。

ところが日が経っていた為、あの毛虫男達に、先に届けを出されてしまっていた。桜の木から、毛虫を取っていたところ、堤に居合わせた若だんなへ、毛虫を少し……ほんの少しだけ落としてしまったと、男達は話したらしいのだ。

既に、奉公人の話を信じた植木屋の店主が、同心へ頭を下げ、迷惑代まで届けていた。そのため仁吉達は、同心からこれ以上騒ぐなと言われ、癇癪《かんしゃく》を起こすことになった。

よって、人ならぬ者を怒らせたらどうなるか、分からせなければならないと、恐ろしい言葉が湧くことになったのだ。

「あらら。兄や達、私は見た目より、大丈夫だからね」

二人をなだめていると、怒りが漂っている離れへ、何故だか、なかなか戻って来なかった妖達が、影内から姿を現してきた。

屏風のぞきや金次達は、隅田川の堤から、真っ直ぐ長崎屋へは帰らなかったのだ。何と堤で、素早く影の中へ隠れると、皆は、三人の半纏姿の男らを付けていったらしい。

そして何日も使い、職人風の三人がどこの誰か、毛虫の出所など、突き止めてきたというのだ。兄や達はそれを知ると、大いに頷いた。

「これはお手柄だ。みんな、若だんなが床上げしたら、褒美《ほうび》に一席設けよう。良い酒や、美味しいお菓子を、好きなだけ用意していいぞ」

「きゅんわ、花見の代わり」

実を言えば四日前、堤に残った妖達は、怒っていたのだ。

まず、あの毛虫のおかげで、堤の桜は咲かず、深川の堤で花を楽しめなかった。

次に、毛虫で於りんがかぶれたので、中屋での花見も駄目になった。

だが、それでも無事に離れへ帰れていれば、長崎屋にある桜で花見をしたはずと、妖達は言うのだ。花見が出来ず、妖達ががっかりしていれば、それを若だんなが放っておく筈がない。きっと魚屋を呼び止め、酒屋や菓子屋へ使いをやって、美味しいものを揃《そろ》えてくれたに違いなかった。

「なのに、その若だんなが、毛虫にやられたんだ。帰っても、長崎屋で花見をする訳がない。あの毛虫男らのせいだ」

　おまけに、若だんなはきっと長く寝込むから、その間に、桜は散ってしまうだろう。怒りが収まらない妖《あやかし》達は、いつにないほど働き者に化けた。

「きゅい、あの毛虫男三人、遠くへ帰った」

「おや、深川の職人じゃなかったの？」

　若だんなが蒲団の内で、腫れた目を見開くと、小鬼達が頷く。細かい事情は、屏風のぞきやおしろ、金次が語った。

「あいつら、若だんな達が堤から舟に乗った後、自分達も舟を頼んだんだ」

　そして長崎屋の妖達が、その舟の影へ潜り込んだ後、舟は若だんな達とは反対に、隅田川を遡《さかのぼ》っていった。

　両国橋の先まで行くと、舟は川の西側にある、神田川へ入った。そして橋を五つか六つ通り過ぎ、昌平橋《しょうへいばし》まで行ったところで、三人は舟を下りた。深川からかなり離れた、神田辺りまで行ったのだ。職人達は、昌平橋の近所に住んでいるのだろうと、妖らは小声で話しあった。それで皆も舟を下り、三人の跡を付けていったのだ。すると。

「どこへ行こうってんだ？　まあ、歩くこと歩くこと」

三人の毛虫男は、金次が思わずぼやくほど、その後長く歩き続けた。

まず神田明神の横を、北へ向かっていった。加賀百万石、加州侯の屋敷横を過ぎ、水戸様の脇《わき》も抜け、道をただただ先へゆく。その内、周りに田畑が現れてきたが、それでも三人の足は止まらなかった。

「歩きすぎて、日《ひ》の本《もと》から出ちまうんじゃないか？」

屏風《びょうぶ》のぞきが顔を顰めても、男らは歩み続ける。

道の左側は大名屋敷が多いのか、どこまでも塀が続き、つまらないと妖らはこぼした。右側の景色は町屋の眺めから、田と並木などに変わっていったが、こちらも代わり映えがしない。

ところが、周りはかなり田舎めいているのに、何故だか人は結構歩いていた。妖達は不思議がって、通りがかりの人へ、この辺りの者かと問うてみる。すると、すれ違った人々は、笑いながら道の先を指した。

「この道の奥に、有名な染井村の植木屋があるんだよ。皆、花や植木を見に来てるのさ」

「あら染井村って、この先にあったんですね。だとしたら、人が多いのも納得です。江戸でも有名な場所ですから」

おしろが頷き、妖達は目を見合わせた。皆はいつの間にか、巣鴨《すがも》辺りまで来ていたのだ。毛虫男達が着ていた半纏の意味が、やっと分かったと、屏風のぞきが言い出した。

「丸に花の字の、背紋の奴ら。染井にある植木屋の、奉公人達じゃないのか？」

染井一帯の植木屋は、並の植木屋とは大いに違う。店は大きく広く、並んでいる木や草花の数も、桁《けた》が違うのだ。

春は福寿草や桜、その後は躑躅《つつじ》、朝顔、万年青《おもと》などなどが、客へ売るため美しく置かれている。よみうりや錦絵《にしきえ》にも描かれている植木屋の内は、江戸の人々が、わざわざ見物しに訪れるほど見事な、お楽しみの場であった。

「奉公人の数も、それは多いはずです」

もちろん大名屋敷などの広い庭へ、木々や花々を納め、その世話も引き受けているのだという。

「この先にある植木屋で、背紋が、丸に花の字の所を、調べなくっちゃなりませんね」

おしろの言葉に、皆が頷く。そして。

柴垣《しばがき》や木で出来た、簡素な植木屋の門を、三つやり過ごした後、妖達は四つ目の植木屋の庭で、丸に花の字の背紋を付けた半纏を目にした。藍地《あいぢ》に白の紋を背負った職人達が、店の内で忙しげに働いてたのだ。

「見つけた」

妖達は職人達の正体を摑《つか》むため、揃って影の内へ滑り込み、植木屋へ入り込んだ。

5

薬と水と、妖達への菓子鉢が置かれた若だんなの蒲団の周りに、妖達が集まった。

そして染井の植木屋で、何を見聞きしたのか、次に金次が語り出す。

「植木屋の名は、〝染花屋《そめはなや》〟だった。堤で若だんなへ毛虫を……いや、常世神様だったっけ、あの虫を浴びせてきたのは、番頭の一人で、牛之助《うしのすけ》という男だったよ。四十にはなってると思う」

一緒にいた二人は、手代《てだい》の末松《すえまつ》と小僧頭の竹一《たけいち》だ。染花屋は染井村の植木屋では、三番手辺りの店だそうで、敷地は広く、大きな木々から小さな鉢植えまで、見事に揃っていた。

「見物の客が、沢山来てた。綺麗な庭だったな」

染花屋を巡った妖達は、影から、主《あるじ》や牛之助達の話を聞き、不思議な思いにかられた。おしろが兄や達の方を見て、眉尻を下げる。

「若だんな、無茶な奉公人を抱えた染花屋の旦那《だんな》は、至って人の良さそうな御仁《ごじん》でした」

大店《おおだな》の店主と言うより、職人の頭という感じの男らしい。そして。

「牛之助達も、あの店にいるときは、真面目《まじめ》な奉公人に見えました」

染花屋は万年青や朝顔などで、変わり咲きや変種の鉢物を作り、名を上げている店のようであった。変わり咲き朝顔の番付では、西の大関を張った事もあると、店の客が話しており、贔屓《ひいき》も多いらしい。

「つまり染花屋さんは繁盛《はんじょう》している店で、おまけに職人達は皆、仕事に励んでたんです」

更に染花屋では、番付で目立つような新しい草木を作ると、旦那から褒美の金をもらえるらしい。儲けを出せる種を作れば、出世にも繋《つな》がるという。

その為に店は、新しい草木を試しに作ってみる場を、庭の一角に与えていた。

「あの日も、丸に花の字の背紋を付けた奉公人達が、新しい朝顔の種を蒔《ま》く場所の割り振りを、自分達で決めてました」

奉公人達の目は、輝いていたという。

「こほっ、それは凄《すご》い。皆、喜んで働いているんだね」

「もっとも競いあいは、きついように思えましたよ。新しい種を試す畑は、限られてます。見込みがなさそうだと皆から言われると、苗を抜かれることもあるようでした」

新作が作れるかどうかに、奉公先での出世が掛かっているのだ。皆、必死に違いない。若だんなは、蒲団の中で頷《うなず》くと、短く問うた。

「毛虫の信心については、何か分かった？」

屏風のぞきの口が開いた。

「染花屋さんは、深川の堤の桜に、盛大に毛虫が取っついていることを承知していたな。深川の桜を植えたのは、染花屋なんだ」

毛虫が常世神だという噂も、耳にしてはいるようだった。けれど主が、常世神の心配をしている様子はない。店の奉公人らも、常世神の話などしていなかった。

「せっかく植えた桜が、虫のせいで早々に枯れたら、店の評判にも関わる。若だんな、店主はそっちを気に掛けてたな」

「それで奉公人三人に、わざわざ深川にまで、桜の様子を見に行かせたんだね」

つまり染花屋で、不思議な信心が行われている様子はなかったと、妖達が口を揃える。ここで金次が、若だんなの目を覗《のぞ》き込んできた。

「若だんな、これで不思議な事に一つ、答えが出たんじゃないかい？　何しろ妖は、役に立つからさ」

何で遠い染井村の職人が、深川に現れたのか。その訳は、桜を植えた植木屋の、奉公人だったからだ。

「そしてだ。あの毛虫を、どうやって集めたかも承知した。染井村にある植木屋の職人なら、大袋一杯の毛虫だって、直《す》ぐに集められるさ。何しろ染井村の店には、木も草も一杯ある。毛虫も山といそうだしな」

ただ妖達には、分からなかったことも残っているのだ。

「染花屋の奉公人達が、なんで毛虫を神様などと、言い出したかってことだな。普通毛虫を見て、崇《あが》めたいと思うか？」

そして染花屋には、深川の桜のように、毛虫が山とたかった木などなかった。牛之助達は、常世神のことを信じなければ、祟《たた》りに見舞われるとまで言っていたのに、だ。

「あいつら何で染花屋の木に、毛虫を増やしてないんだろう。どうしてだ？」

だが疑問に思っても、人の心の内は、余所《よそ》から見えはしない。人の本音を知ることは、それは難しいのだ。つまり。

若だんなは蒲団《ふとん》に身を起こすと、薬湯を飲みつつ眉《まゆ》をひそめた。

「深川の桜が毛虫の為に枯れて、それで終わりとなりそうなんだね」

堤から消えた桜と、いなくなった毛虫のことで文句を言っていたら、長崎屋の方が、しつこいと言われてしまいそうであった。兄《にい》や達が顔を顰めると、猫又のおしろが二又の尻尾《しっぽ》を振る。

「まさか場久に頼んで、牛之助の夢へ潜り込む訳にもいきませんしね。あの奉公人が、悪夢を見るとは限らないし」

「それは……そうだね。多分、これで事を終わりにした方が、良いんだ。また繰り返しが起きて、毛虫でかぶれないためにも」

若だんなは納得したと言い、また横になった。妖達は、思わぬ遠出をしたからか、揃って疲れたと言い、一軒家へ戻っていった。

そして若だんなを休ませようと、仁吉達も寝間《ねま》から消える。すると若だんなは蒲団の中で、小鬼を抱きつつ悩んでしまった。

「色々分からないまま、事が終わるのかぁ」

桜の木が、なぜ毛虫に包まれているのか。どういう事情で、千年以上前の神様常世神に、信心を始めたのか。肝心な点を確かめる方法が、見つからない。

於りんや若だんなが、毛虫にたかられた訳は、誰にも分からなくなるのだ。

「きゅいきゅい、虫、きっと不味《まず》い」

「染井村まで行きたい。牛之助さんが無理なら、まず店を調べたいんだ。けど」

まだ、毛虫に刺された腫れが引かないから、無理だろうと思う。いや、そうでなくとも、舟では途中までしか行けない染井村は、若だんなには遠い場所であった。

「兄や達が止めるだろうし」

小鬼達に問うと、頷かれてしまう。

「でも、気になるんだよ」

若だんなは、最近起きた中屋の災難から、於りんをしっかり護《まも》れていない。怒っている兄や達が、染花屋の三人の奉公人を、このまま放っておくとも思えないが、止めかねている。店の若だんななのだから、きちんと事を仕切って終わらせるべきなのに、それが出来ていないのだ。

（だから……）

若だんなは、蒲団の中で意を決した。

次の日、小鬼を一軒家へやり、寄席《よせ》に行く途中の場久に、離れへ来てもらった。悪夢を食べる獏《ばく》、場久に、夢の内へ入らせてもらいたいと、寝間で頭を下げ頼んでみたのだ。

「染井村にある染花屋へ行きたい。だから奉公人の誰かが悪夢を見たら、そこへ入ってみたいんだ」

常世神のことをよく知る者が、植木屋にいないか探りたい。夢に入れば、若だんな自身が探せるのだ。

「以前にも、場久の悪夢には入ったことがある。大丈夫とは言えないと、分かってるけど」

すると、夢の内で生きてきた妖は、ふっと笑うと気軽に頷いた。

「いいですよ。あたしの夢は悪夢だから、ちょいと剣呑《けんのん》ではありますが。兄やさん達には、内緒なんですよね？　じゃあ困ったら、あたしを呼んで下さい。あとで叱《しか》られる役も、引き受けましょう」

若だんなは深く頭を下げると、さっそく夜、眠りの中で動いてみる。奉公人の、竹一という小僧頭が、毎日うなされていたので、染井村の、その悪夢へ通えた。

すると驚いたことに、夢の内で、長崎屋の他の妖達にも会えた。

「若だんなが、また夢へ入って、桜と毛虫の謎《なぞ》に結末をつける気だって、場久から聞きました。一人にしておくのも心配なんでね。来ちまいましたよ」

屏風のぞきやおしろ、鈴彦姫《すずひこひめ》に金次までが、あっけらかんと言ってくる。若だんなは皆と一緒に、寝込む心配なく、染井村を歩き回ることが出来た。あっという間に毎日、悪夢に入るようになっていったのだ。

「だけどさ、歩き回っても、知りたいことは、なかなか分からないもんだね」

染花屋の奉公人達は、常世神の話などせず、せっせと商売物の世話をし、余った時で、新しい花や木を生みだそうとしていた。悪夢を見ている竹一も、桜の毛虫を思い出し気に病んではいたが、奉公人としての悩みへ、気持ちが向かう日も多かった。

(染花屋では、新しい草木を作り出した者が、上に立つことが多いそうだから)

だが竹一の受け持つ桜や庭木は、鉢植えものに比べて育ちが遅く、新しい品を作りづらいのだ。

それでも竹一は頑張って、己の桜を作ったらしい。しかしそれは、あっという間に虫にやられ、畑から抜かれてしまったのだ。竹一はそれを、夢の内で嘆き続けていた。

ここで、今日も夢内にいた屏風のぞきが口を出す。

「虫が憎い竹一って小僧頭は、常世神の信者じゃないよな。店の全員で、毛虫を信じてる訳ではなさそうだ。信じてるのは、あの牛之助だけか？　妙だねえ」

しかしその牛之助からして、店では毛虫をありがたがりもせず、始末している。若だんなは、牛之助さえも、常世神を信じているようには思えなくなってくる。

「なら一体どうして、毛虫が常世神だなんて、深川の堤で言ったんだろう。屛風のぞき、染花屋以外で常世神の話をしても、通じないよね。於りんちゃんだって、知らなかった神様だもの」

「毛虫が好きなのかねえ。於りんちゃんが小枝でつつくのを、嫌がってたって言うし」

若だんな達が毛虫へ近づくのも、牛之助は厭《いと》うていたのだ。

この時、若だんなはふと、屛風のぞきを見つめた。

於りんが思わず、小枝で毛虫を落とそうとしたように、虫にたかられた桜を、可哀想に思う者は、他にもいたかもしれない。牛之助が袋一杯の毛虫を継ぎ足さなければ、餌もろくにない木に、ああも多くの毛虫は、住まないだろう。

「ああ、そうか。牛之助さんは、毛虫を守ってたんだ」

「へっ、若だんな、何が言いたいんだい？」

「屏風のぞき、牛之助さんは、きっと堤の桜を、毛虫だらけにしておきたかったんだ。だから、私達にあびせるほど、毛虫を一杯持ってたんだよ」

「ええっ？　何だ、そりゃ」

段々若だんなの頭の中で、まとまってくる考えがあった。

（まだ、証《あかし》はないけど）

ところがそう思いついた辺りから、夢内で動く事は、調子の良い面ばかりではなくなっていったのだ。じきに悪夢は悪夢だと、若だんな達は、得心することになった。

夢に入る事を続けている間に、段々、不思議な事が増えてくる。何故《なぜ》だか、今、若だんながいる悪夢の内でも、前にも見たようなことが、繰り返されるようになってきたのだ。

丸に花の字の背紋を付けた奉公人が、染花屋の庭で、毛虫が入っていたような袋を背負って、歩いていた。

夏ではないのに、新しい朝顔が出来ていた。そしてそれを毎日、木を受け持つ職人達が、悔しげな顔で遠巻きにしていた。

新しい種を作る畑には、限りがある。どの草木を抜くか、奉公人達が喧嘩《けんか》腰の言い合いをしているのも、何度も見た。

途切れず、終わらず、次々と、少し怖い光景が、繰り返されていく。

（繰り返しは、前にも長崎屋で起きていたね。妖ではない私が悪夢にいるから、中のことが余所へ漏れ出ているのかしら）

若だんなが顔を強《こわ》ばらせていると、やはり繰り返しに気が付いた金次が、そろそろ悪夢へ入るのは止《や》める頃だと、釘《くぎ》を刺してきた。

「今は、大した繰り返しが、起きちゃいない。けどその内、若だんなが先に出会った災難まで、繰り返すかもしれねえよ。あの、毛虫の雨だ。そんなことになったら怖《こ》ええだろ」

確かに毛虫の痛い雨が、また降るかと思うと、総身が震えてくる。それに。

「金次に、そろそろ夢へ入る事、止めろって言われたのも、二度目だって気がする」

「へっ？　そうだったっけ？」

怖さが募ってきた。

（だけど、常世神と呼ばれるあの毛虫が、なぜ深川に現れたのか、はっきりさせたい）

あと少しだけ、夢内にいたいと思ってしまう。

（そう、あと少しの間）

金次へ、もう夢には入らないと言えないまま、染花屋の庭を歩いていると、近くから、がさりと何かの音が聞こえた。庭には、鳥など多く来ているから、若だんなは気にもせず、妖達と進んで行く。

（牛之助さんは、常世神様への信心を語ることで、桜の木を毛虫だらけにした。多分、信心の目的はそれだ）

そんなことをして、どんな良いことがあるのだろうか。

常世神は、富と長寿をもたらすと言われている。だが、本当に長生きできるかどうかは、牛之助当人にも分からないだろう。

（だけど、富の方はどうだ？）

若だんなは考え込む。

その時直ぐ近くでまた、今度は落ち葉を踏む音がした。若だんなや妖達が、横手へ目を向ける。

そして、全員が顔を引きつらせた。

直ぐ近くの木の下に、以前深川の土手で見かけたような、袋を背負った男が現れていた。笠《かさ》を被《かぶ》っていて、顔が見えない。しかし男は以前と同じように、袋を肩から下ろし、皆へ中身をぶちまけようとし始めた。

「あれは、毛虫っ」

悲鳴のような、屏風のぞきの声が聞こえる。繰り返されている。またも、毛虫の雨が降ろうとしていた。

「きゅげーっ」

鳴家《やなり》の悲鳴が響く。場久へ話し、助けを求める間などありはしなかった。若だんなが、小鬼を袖で覆う。

ところがその時、夢内の景色が吹っ飛んだ。突然全《すべ》てが、真っ暗になったのだ。毛虫男も大きな袋も、染花屋も、一寸の内に消えてしまった。

6

毛虫でかぶれた顔や手が、ようよう全部治ったからと、今度は於りんが長崎屋へ、若だんなの見舞いに訪れた。

付いてきた番頭が、母屋《おもや》で奉公人らと話をしている間に、於りんは離れで鳴家達を膝《ひざ》に載せ、堤の桜について語った。仁吉が出した辛あられを、於りんからもらった鳴家は、上機嫌だ。そして若だんなは夢に入らなくても、桜のその後について、色々知ることが出来た。

「堤の桜に付いている毛虫は、今も、それは多くて。うちより木の近くに住む皆さんは、困ってるそうです」

於りんによると、長屋の子供達が桜に近づいて、毛虫にやられてしまった。於りんがつけた薬を分けて欲しいと、長屋の差配が中屋へやってきたので、分かったのだ。

「仁吉さんから、多めに薬を貰《もら》っていましたから、差し上げることが出来て助かりました。ありがとうございました」

大人びた口ぶりで言う於りんへ、仁吉が笑って頷く。佐助が、若だんなを毛虫から救い出した日のことを語ると、於りんが目を見張って兄やを褒めた。

そして於りん達が帰ると……残された若だんなは蒲団の中で、まな板に置かれた蛸《たこ》のように、力なく伸びてしまった。

（私は大分、へこんでいるんだな）

すると見舞客が帰った後、碁盤などを元に戻していた佐助が、笑いかけてくる。

「若だんな、どうしたんですか？　随分と力の無い姿じゃないですか」

若だんなが、私は治りが遅いから、この格好も仕方がないんだと拗《す》ねる。すると、仁吉が横で眉尻《まゆじり》を下げ、若だんなの寝ている蒲団を、ぽんと軽く叩《たた》いてきた。

「若だんな、気持ちは分かります。今は万事、面白くないでしょうし」

深川で於りんを、毛虫の害から救ったのは、一に、仁吉が作った油薬だ。

そして毛虫を撒いた男らが、染井村の奉公人であると分かったのは、妖達の手柄だ。

一方若だんなときたら、毛虫をやっつけられなかった上、自分も襲われ、寝込んでしまった。半纏《はんてん》姿の男らも、成敗出来ていない。

「その上、悪夢の中で無茶しているのを、我らに見つかってしまいましたから」

ただ今回は本当に、危うかったのだ。よって仁吉はきっぱり言い切った。

「無茶は、止めて頂きたい」

「大丈夫、もう悪夢へ入っちゃいけないってことは、身に染《し》みて分かったから」

先だって、染花屋へ行ったときのこと。若だんなと妖達は、繰り返される悪夢に巻き込まれた。また、毛虫の雨を浴びそうになったのだ。

「もし浴びていたら、たとえ夢内の事でも、無事でいられたかどうか分からない」

ところが寸前に、場久が夢から皆を、救い出してくれたのだ。そして場久を動かしたのは、兄や達であった。

何と場久は、若だんなを夢に入れたのを、兄や達に見つかり、拳骨《げんこつ》を食らっていたらしい。病人を、寝ている間に歩き回らせては、病が治らないと言われたのだ。

仁吉が、どうやって見つけたのかを語った。

「妖達がやたらと、場久の夢へ入りたがっていたので。何か訳があるのだろうと、場久を問い詰めたんですよ」

「救ってくれて、ありがとうね。でも場久には、悪いことをした。私が頼んだことなのに」

「ですから拳固一発で、事を終わらせました。他の妖達のことも、大して叱っちゃいませんよ。若だんなが心配するでしょうからね」

ただ若だんなはこれ以上、悪夢へ入ってはいけないのだ。それにしてもと、仁吉が溜息《ためいき》を漏らす。

「どうして若だんなは最近、こうも、馬鹿《ばか》なことを思いつくのでしょうか」

「私は、馬鹿をしたかったんじゃない。真面目に謎を、探ってただけだよ」

ただ、もう夢へは入れないから、常世神のことで確たる証を摑むのは、無理かもしれない。若だんなは小さく頷くと、床の内から仁吉と佐助を見上げた。そして兄や達へ、頼み事をしたのだ。

「私が床上げしたら、お客を呼んでもらえるかな？」

返事をしたのは、佐助だ。

「構いませんが。どなたと話したいのですか？」

「染花屋さん達」

佐助が、片眉を引き上げる。そして、にっと笑った。

「若だんな、何度か悪夢の内から染井村へ通っている内に、見えてきたものがあるんですね？　そうでしょ」

「うん。ただね、まだ証は見つけられていないんだ。だから、もっと探りたいと思ってたんだけど」

だが、もう染花屋へは行けないから。だから若だんなは最後に、植木屋達と話す事にしたのだ。

「証はなくても、話せば納得出来るかもしれない。上手《うま》くいけば、深川の堤に植えられてる桜は、枯れずに済むと思うんだ」

だが仁吉の方は、厳しい顔つきだ。

「床上げ早々、無理をすると、また寝付きますよ」

若だんなは、我ながら珍しいと思いながら、兄や達へ言い返した。

「しょっちゅう、寝付いてるじゃないか」

「そうして無茶をするから、直ぐにまた寝付き、病が長引くんです」

小さい頃から大事に育ててきたのに、なんで最近は素直でないのかと、仁吉が言い出した。

「馬鹿なことは、避けるべきです。益にもならないことをしていると、苦労します。なぜそれが、分からないのですか」

　ああ、頑固になってしまったと、仁吉が天井を見上げつつ嘆く。そこで若だんなは、こう言ってみた。

「仁吉だって、馬鹿だと言われたことを、やってきたじゃないか。千年という長い、ながーい間、片思いをしてきたんだもの」

「えっ？」

「何度も何度も、馬鹿してるんじゃないって、周りから言われてたんじゃないの？」

　思いも掛けない反撃であったのか、仁吉が顔を赤くする。すると、それを見た佐助が笑ったので、仁吉はすかさずやり返した。

「佐助、人の事を笑えた義理か。お前さんだって、そりゃあ長い間、志も意味もなく、旅を続けていたじゃないか」

　東海道が、すり減る程であったよなと、仁吉が言ったところ、佐助の口が、大きくへの字になる。

「仁吉、それは、ここで言うべきことか？」

危うく、離れを破壊しかねない、大喧嘩が起きそうになった。だが小鬼と、ついでに若だんなも潰《つぶ》れると、小鬼達が騒いだものだから、二人は顔を見合わせる。そして総身の力をふっと抜くと、揃って大きく息を吐いた。

「分かりました」

最後にそう言ったのは、仁吉だ。

「それで若だんな、床上げしたら、染花屋さんの誰と話したいのですか？　牛之助ですか？」

確かに、あの男が毛虫を運ぶ限り、桜はその内、枯れてしまうだろう。若だんなは頷いたが、しかし、他にも会いたい人がいると続けた。

「まず染花屋さん。親方だね。それに竹一さんや、他の番頭さん達」

「染花屋の番頭方、ですか。会ったこと、あるんですか？　ああ、夢内で話した事は、あると」

ならば相手は、若だんなの顔など分からないかもしれないと、兄やは言う。若だんなは、それでも構わないと返事をした。

「桜のために、話がしたい。深川の新しい桜を救えるかもしれないから、長崎屋へ来て下さい。染花屋さんへ、そうお願いしてみて」

誰も来ないと言ったら、若だんなは諦《あきら》めると言い切った。さすがに床上げをして直ぐでは、染井村へ行くのは無理だからだ。

「分かりました。これできりを付けましょう」

仁吉が染花屋へ、文を送ってくれた。すると巣鴨から早々に、返答が届いてくる。

染花屋の主は、番頭達や奉公人を連れ、長崎屋へ来ると言ってくれた。そして、桜についた毛虫で伏せったのに、見舞いにも行かず申し訳なかったと、丁寧に書いて寄越したのだ。

「おや、やっと見舞いの言葉が来ましたか。この店主、働き者かも知れませんが、どこか抜けてますよ」

「佐助、来てくれるって言うんだから、もう前の事で、文句は言わないで」

ならば床上げを急ぎたいと言うと、部屋の屏風から屏風のぞきが出てくる。

「あたしの見たては、確かだよ。若だんなは明日にも、起き上がって大丈夫さ」

何しろ、赤子の頃から見ているからと、付喪《つくも》神《がみ》は言ったのだ。すると金次やおしろ、場久に鈴彦姫までが、寝間へ顔を見せてきた。そして妖らは、若だんなが染花屋と話す日、己《おのれ》達も離れにいて、若だんなを護り、ついでに菓子など楽しく食べるべきだと、話をまとめる。

屏風のぞきが言い切った。

「だってさ、あたし達がその場にいれば、若だんなはいつだって大丈夫だから」

「おい、ならどうして若だんなは、堤で毛虫を浴びたんだ？」

佐助の問いに答えた妖は、いなかった。

7

二日後、長崎屋の離れに、染花屋の親方と番頭達、それに小僧頭の竹一が顔を見せた。そして、若だんなが昨日まで伏せっていたと聞き、とんだ迷惑をかけたと、揃って頭を下げた。

「済みません、具合の悪い日が、ここまで長引いていたとは知らず。もっと早くこちらへ来るべきでした。申し訳なかった」

染花屋の主は、至って気の良い男らしく、大男なのに、身を小さくして謝ってくる。若だんなは、もう大丈夫だと笑った。

ただ。

「深川の堤にある桜は、このままだと、枯れるかもしれません。それで今日、話を聞いて頂こうと思いました」

自分も一つくらい役に立たないと、蛸のように床へ伸びてしまうからと、若だんなは続けたのだ。

「蛸、ですか？」

怪訝《けげん》な顔をする皆へ、若だんなが早々に語り出す。佐助が皆の前に、大きな木鉢に一杯、饅頭《まんじゅう》を入れて置いたので、今日は人に見えない小鬼達までが、堂々と同席していた。

「実は、毛虫に刺された後、私が長く伏せったので……ええと知り合い達に、染井村へ行ってもらったんです。なんで桜に、ああも毛虫が付いているのか、知りたくて」

「おや、気が付きませんで」

もちろん妖達が、店へ挨拶《あいさつ》をしたことは無かったし、若だんなは、悪夢の内から見に行っていたから、気づきようもなかったのだ。

「染花屋さんは繁盛しており、お客も多く、それは綺麗《きれい》だったと教えてもらいました。ええ、染花屋さんは、また行きたい植木屋だったとか」

「それは、ありがとうございます」

褒められ、店主も奉公人達も、笑みを浮かべている。染花屋は特に、変わった花や、新しく作られた珍しい花などが得意だとかで、贔屓も付いているという話を聞いた。

「ええ、そうなんですよ。朝顔など、変わり咲きを楽しまれる方は多いんで、楽しく商売をさせて頂いてます」

「染花屋さんでは、鉢植えが一番売れているそうですね。朝顔と万年青が、競っているかんじだとか」

その中でも特に、変わり咲きや新しい種は、人気を呼んでいる。金に化けているのだ。

「だから、番付でも目立つような新種を作ると、染花屋さんの奉公人方は、旦那さんから褒美の金をもらえるとか」

太っ腹な事だと、若だんなは主へ言葉を向けた。

「はいはい、その通りです」

儲《もう》けを出せる新種を作れば、もちろん、奉公人の出世にも繋がるのだ。

よって染花屋では、まだ若い奉公人達にも、新しいものを試しに作ってみる場が、庭の一角に与えられている。若だんながそう言うと、主は胸を張った。

「そのやり方の為《ため》か、うちの皆は、そりゃ働き者揃いなんですよ。ええ、主として嬉《うれ》しい限りです」

奉公人達も頷いている。聞けば、己から辞めたいという者など、とんといない店だということだ。仁吉が素晴らしいと言うと、店主はまた大きく笑った。

ただ。ここで若だんなは、ならばと言葉を繰り返した。

「そんな素晴らしい店の桜に、なぜ、妙な事が起きたのか不思議でした」

若だんなは、店主の顔を真っ直ぐに見ると、わざわざ今日、染花屋の一同に来てもらったのには、訳があると続けた。

すると牛之助が、身を縮めた。横で竹一の顔が、何故だか白くなっている。若だんなは、少し間を置いてから、呼んだ訳を語り出す。

「それは、常世神のことなんですよ」

あの神について語りたい。若だんなは染花屋へ、そう告げたのだ。

すると、ここで思わぬことが起きた。小僧頭の竹一が、いささか怒ったような声で喋《しゃべ》り始めたのだ。

「常世神？　若だんな、そんなことで、巣鴨から呼びつけたっていうんですかい？　下らないや。その神様は、何の意味もないもんですよ」

染花屋では昔っから、下《した》っ端《ぱ》の奉公人を脅す時、常世神の名が使われると、竹一は言い出した。なぜ常世神なのかは分からない。虫の神様だから、虫に悩まされてきた植木屋では、使い勝手が良かったのかも知れない。

「以前いた奉公人に、神職の身内がいたとかで。その男から聞いた神様の名が、たまたま店内に知れ渡ったんだと聞いてます」

だが今まで、常世神の怒りで、祟りがあったことはない。信じている奉公人も、寿命が長くなった者のことも聞かない。常世神とは、その程度のものだと、竹一は断言した。

若だんなは竹一へ、では、そんな神様の名を、誰がよく使うかを、問うてみる。

「牛之助さんが、一番あの虫のことを話すかな。利用する時だけだけど」

「じゃあ、毛虫を染花屋で集め、深川の桜に沢山たからせた時、牛之助さんは、常世神のせいにしたのかな」

「は、牛之助が、木へ毛虫を付けたって？　若だんな、本気でそんなこと言ってるのかい？」

魂消《たまげ》ていたから、染花屋は牛之助の行いを、知らなかったに違いない。

「牛之助さんは深川の堤で、毛虫入りの大袋を確かに抱えていました。常世神を信じなかった私達へ、そりゃ多くの毛虫を、浴びせてきました。毛虫を守ろうと、必死に見えました」

「馬鹿な。そんなことをして、何の意味があるんだ？」

「あの後、何度も染花屋さんの様子を見て、聞いて、私は思い立ったんです。それは多分、私や染花屋さんのような、店の主が悪かったからではないかと」

「えええっ、私のせいなんですか？」

さらに呆然《ぼうぜん》とし、染花屋は顔を真っ赤にした。若だんなは構わず、次に牛之助を見る。

「牛之助さんは、大きな袋いっぱいの毛虫を、わざわざ染井から深川へ運んだ。どうして深川の桜を、虫だらけにしたんですか？」

自分達で植えた桜でしょうと、若だんなが問う。

「枯らしてしまう気だったように、私には思えましたけど」

横から染花屋が、何故と問うても、牛之助は答えない。それで若だんなが、先を語った。

「あの桜は新しいものだったから。しかも植えたら、評判が良かったからですか？」

「は？　それで、なんで枯らすんです？」

染花屋が、眉尻を下げている。

久方ぶりに染花屋が出した、新たな桜であった。桜は人気の木だから、当たれば植木屋の利も大きい。

するとここで、竹一が牛之助をにらみ付けた。

「親方、あの桜を作ったのは、おれなんですよ。ああ、証はないです」

竹一が、染花屋で育てていた木には常世神様がついたので、畑にある周りの木に、迷惑がかかったといわれた。気が付いた時、己の桜は抜かれ捨てられていたのだ。

ところがその後で、牛之助が親方に、新しい桜を作ったと言って見せた。それはどう見ても、竹一の作った桜だったのだ。

「親方が桜を気に入って、十本あった木を深川へ植えた。評判が良くて、牛之助さんは番頭になった。おれを黙らせた取り巻きの奴《やつ》らも、褒美《ほうび》の金を分けてもらってた」

しかしその後、ことは、牛之助の思うとおりには進まなかったのだ。

「これはいけるってことで、あの桜を、売りに出そうって話になったんだ。ところが、牛之助さんには、桜を増やせなかった」

深川の桜は、実からも接《つ》ぎ木《き》からも、増やしにくいものだったのだ。竹一も以前、十本に増やしたとき、苦労した。

「どうやって増やしたんだ？」

親方が問うたが、竹一は返事をしない。親方が口の両端を下げ、部屋内が静かになった時、若だんながまた語り出した。

「だから先ほど申し上げました。今回の揉《も》め事は、染花屋さんが悪いって」

「……どういうことです？」

自分の話にも証はないがと断ってから、若だんなは話を進めていく。

「新しい草木を作った者が、金も立場も得る。一見公平で、立派なされようです。だけどそれは、実は危ういやり方でした」

一つには竹一のように、力尽くで新作を奪われる者が、出ると思われることだ。

「常世神という虫の神様の名が、染花屋さんには、以前から伝わっているようです。きっと、常世神様が枯らしたと言って、沢山の若い職人さん達が、自分が作った草木を、盗《と》られてきたんじゃないかな」

これは親方が日頃から余程、新しい苗を作る畑へ、目を配らなければ防げないことだ。染花屋の場合……足りていなかった。

「それで、私が悪いと言われたんですね」

親方が責められる二つ目のことは、奉公人達に、公平でないという点であった。

「えっ？　若だんな、私はつとめて皆を、同じように扱ってますが」

「私が言う不公平は、鉢植えものと、植え木の差です。染花屋さんでは、鉢植えもの以外を割り当てられると、奉公人は金からも出世からも縁遠くなります」

　自分が染花屋へ奉公したら、是非に鉢物へ回りたいと、若だんなは言った。木はなかなか新しいものを作れないから、頑張っても、認めてもらえないからだ。

「桜の新しい種が出来たのは、久方ぶりだったとか。牛之助さんは、若くはないです。この時を逃したら番頭になれないと、思ってしまったんでしょう」

　だから竹一の作った桜に、手を伸ばした。もちろん証はないが、しかし。

「牛之助さんが、新しい桜を増やせなかったのは、確かなことです」

　そしてこのままだと、どうして増やせないのか、牛之助には言い訳ができなくなる。十本には増やせたことに、なっているからだ。だから。

　ここからは、染花屋が言葉を続けた。声が少し、低かった。

「だから常世神の名を借り、深川に植えた若い桜を立ち枯れにする気で、虫だらけにしたんですね。その時、桜の所に来ていた若だんなが、巻き込まれたわけだ」

　証はない。若だんなの言葉と、竹一の怒りがあるだけであった。深川の桜は今、毛虫だらけになっている。それだけであった。

　若だんなが、染花屋の皆を見つめる。

「公平って難しいですね。やり方は、店ごとに違うでしょうし。時と共に変わるものすら、あるかもしれません」

そして、そこへ目を配れるのは、店の主《あるじ》だけなのだ。店からは、主が一番大きな利を得る。だから、ちゃんと仕切れない主の下では、不公平だと不満が湧《わ》く。

「私も、先々、学んで行かなくては」

だから、毛虫にたかられたことも、己が学ぶために必要な事だったと、若だんなは納得することに決めた。

「兄や達も、その恐《こわ》い顔、やめてね」

牛之助が泣きそうな顔で、頭を下げた。

染花屋は頷いたものの、困ったような顔にもなった。

「言われたことは、分かりました。さて、この先、どうしたものか」

若だんなと妖《あやかし》達、そして奉公人が見つめる先で、染花屋の主は、次の言葉を探しているように見えた。口を開けては閉じ、言葉が見つからない様子だ。

そして間を取りたいのか、ここで若だんなが用意していた、菓子の木鉢へ手を伸ばす。

すると。

思いも掛けない出来事が、真昼の長崎屋で繰り返された。大きな木鉢はいつの間にか、大袋に化けていたのだ。深川の堤で、牛之助が背負っていた、あの袋だ。毛虫の常世神様がいっぱい詰まった、悪夢のような袋が、また若だんな達の前へ現れていた。

「ひいっ、痛いっ」

染花屋が大声を出し、手を引き抜くと、毛虫は牛之助にも降りかかった。

「あれ？　菓子鉢はどこ？」

若だんなも魂消たが、直ぐに大袋から毛虫が這《は》い出してきたので、長崎屋の離れで悲鳴が上がる。

すると佐助が直ぐに、袋へ飛びついた。そして出ていた毛虫たちを手ぬぐいでかき集め、袋へ戻すと、袋の口を摑《つか》み表へ飛び出していった。

「こいつらを、魚の餌《えさ》にしたかったんだ、堀川へ毛虫を落としてきます」

その声があっという間に、離れから遠ざかってゆく。

仁吉は、若だんなのための油薬を、素早く染花屋達へ塗った。そして、こうなっては話をするどころではなかろうと、染花屋の皆は早々に、染井村へ戻ることになり、舟が近くの堀川端へ呼ばれたのだ。

職人達の姿が離れから消えたころ、離れへ、妖達の姿が現れてきた。

「また悪夢が、繰り返されたみたいだな」

貧乏神が、怖い笑みを浮かべている。

「しっかし、桜を小僧から盗んだ牛之助さんはともかく、何で染花屋さんまでが、虫にたかられたのかね。悪夢は、訳が分からん」

「あの人が、一番偉い店主なんですから。常世神様が、責任を取らせたんでしょう」

おしろが落ち着いた声で言い、若だんなは首をすくめ、妖達は頷《うなず》いている。ただ饅頭がいっぱい入った木鉢は、無くなったまま、離れに戻ることはなかった。

「どこかの夢の内に、落ちているのかも知れませんね」

場久の声が聞こえた。


少しして、於りんから若だんなのところへ、文が届いた。桜のことで、知らせたいことがあると、書いてきたのだ。

〝堤の桜ですが、染井村から職人さん達が大勢来て、虫を取って行きました〟

すると葉はほとんど残っておらず、一時桜は、丸坊主《まるぼうず》のように見えたらしい。

しかし手入れを受けた桜は、その内新しい芽を出し、無事、葉を茂らせていったという。この分なら来年は花を付けそうだと、近所の皆は、楽しみにし始めたということだった。

〝若だんなが、深川の桜の事を、とても心配して下さったって、染花屋のご主人が話していたそうです。ありがとうございました〟

久方ぶりに、頑張った事を褒めてもらえて、それは嬉しかった。少し、前に進めたものがある気がして、笑みが浮かんでくる。

「染花屋のご主人、味噌《みそ》を付けた大本の、桜を見捨てなかったんだね。なら染花屋の店も、変えていける気がする」

若だんなが明るく言うと、側《そば》で茶を淹《い》れている仁吉が笑って、深川の桜は、若だんなが助けたようなものですと言ってくる。佐助が、新しい大木鉢に菓子を入れて出すと、鳴家達が一斉に鉢へ登り始めた。

〝来年こそ、花見においで下さい〟

於りんの文に、今度こそ一緒に、花を見ましょうと、若だんなは文を返した。すると長崎屋の妖達は、どんなご馳走《ちそう》を持っていくか楽しみだと、早くも話し始めた。

解説

タニグチリウイチ

江戸は通町《とおりちょう》にある大店《おおだな》、長崎屋《ながさきや》の若だんなは今日も熱を出して寝込んでいた。ぼんやりと天井を眺めているうちに、うとうととしてきて夢を見た。どうやら五十階はある高層長屋に暮らしていて、遥《はる》か下方に隅田川らしき大川が流れている。堤を彩《いろど》るのは染井村の桜か。永代橋《えいたいばし》の向こうは深川《ふかがわ》か。（於《お》りんちゃんに会いたいな）。そう思い支度を始めると、ルームメイトの仁吉《にきち》と佐助《さすけ》に「この非常事態にどこに行こうってんですか」と止められた。

（そうだった、しばらく前から非道《ひど》い風邪が流行《はや》って、出歩かないようにとお触れが出ていたんだった）。それで不自由はないかというと、インターネットに繋《つな》がった端末さえあれば遠くにいる誰とだって話せるし、どこにだって行ける。そう思い直して若だんなは、ＶＲ（仮想現実）ゴーグルをかけ、仮想空間にいる鳴家《やなり》たちに「お菓子の配達を頼んだから、着いたら一緒に食べよう。それから於りんちゃんを入れてＶＲ

チャットで話そうよ」と声をかけた。ゴーグルに「きゅわ」と文字が出た。

どうもすいません。拙《つたな》い文章で『しゃばけ』シリーズのまねごとをしてみたのは、物語の舞台となった江戸時代、そして長崎屋の若だんなこと一太郎《いちたろう》が置かれた境遇が、二〇一九年の暮れに始まって、日本だけでなく世界全体を覆《おお》った世紀の事態とすこし重なって見えたからです。

とてつもない風邪の流行で世界では、罹《かか》っては大変と出歩かなくなってしまった人々が、家に引きこもりながらもネットを使って資料を集めたり、誰かと話したりして仕事をこなし、コミュニケーションをとって毎日を送っている。一方、江戸時代の若だんなも体が弱く、外に出て病気でももらったら寝込んでしまいかねない、それどころか命だって失いかねないと、両親や手代《てだい》の仁吉と佐助に心配されている身。部屋で寝込んでいる日も多い中で、身の回りにいる妖《あやかし》たちと話したり、獏《ばく》の場久《ばきゅう》に他人の悪夢を見せてもらい、たどって遠くに行ったりしては、居ながらにして情報を集め、身に降りかかる難題を解き明かすようなことをしている。

これってもしかして、妖ネットワークを使ったテレワークと言えるかも。そんな思いから、もしもこの二十一世紀に若だんなが生まれ変わったら、どんな暮らしをしただろうかと想像してみたくなった。熱烈な『しゃばけ』ファンの皆様には素人《しろうと》の筆すさびとお許しいただければ幸いと謝りつつ、シリーズ第十八弾にあたるこの『てんげんつう』に収録されている作品を紹介して、若だんなの暮らす江戸時代が、ネットが発達した現代とどれくらい重なるのか、そして、歴史に残る事態に見舞われた二〇一九年から二一年の世界の状況が、若だんなの置かれた境遇とどれくらい重なるかを見てみたい。

まずは最初の「てんぐさらい」から。天狗《てんぐ》の姫が手代の仁吉と添い遂げたいと願い、そのためには若だんなの祖母で大妖《たいよう》のおぎんに縁を取り持ってもらう必要があって、若だんなの病に効く神薬を多く集める競争に挑んでいた。仁吉を守ろうと若だんなは、無理を押して外に出かけては仁吉や佐助に叱《しか》られる始末。その過程で、若だんなの許嫁《いいなずけ》の於りんが暮らす材木問屋の中屋《なかや》で、主人の後妻が起こした事件が明るみに出る。

この「てんぐさらい」からでも、若だんながどういう生まれで、どうして妖たちに囲まれているのかが分かるが、少しだけ説明するなら、今の京橋あたりで廻船問屋《かいせんどんや》と薬種問屋《やくしゅどんや》を営む長崎屋の跡取り息子の一太郎は、おぎんという齢《よわい》三千年の大妖を祖母に持つこともあって、幼いころから居着いた妖たちに囲まれて暮らしてきた。手代の仁吉は実は千年生きた白沢《はくたく》で、佐助の方は犬神《いぬがみ》というから共に大物の妖で、寝込んでばかりの若だんなを守り支えてきた。そんな若だんなの周辺で起こる奇妙な出来事を描いてきたのが、この『しゃばけ』というシリーズだ。

次の「たたりづき」という短編からは、現代社会でよく問題にされる、便利さとは裏腹のネットの厄介さが感じられる。「てんぐさらい」でも触れられたように、おぎんが同じ妖で同輩の仙狐《せんこ》と山を吹き飛ばすような大げんかをして、共に荼枳尼天《だきにてん》に咎《とが》められたことを逆恨みした仙狐の子が、孫の若だんなに祟《たた》ろうとしたものの力が足りず、遠縁とも呼べない遠い人に祟ったという。その祟りというのが一種の噂話《うわさばなし》。人の口に乗って広まってしまっているから簡単には打ち消せない。ネットでも、一度出た噂が拡散されては消しても消しても湧《わ》いてくる状況があって対応に苦慮する。そんな問題が感じられる一編だ。

続く「恋の闇《やみ》」には、若だんなの幼なじみで菓子屋の跡取りの栄吉《えいきち》に、縁談が舞い込んだことから始まる騒動が描かれる。相手は札差屋《ふださしや》の娘というから今の金融業。結構な良縁だが、そこで栄吉が「粋《いき》で鯔背《いなせ》で男前」と、若だんなが知るのとはまるで違った姿で仲人《なこうど》たちの口に上っている。成立すれば手数料が入るからと大げさに喧伝《けんでん》するこのやり口、ネットオークションで説明書きや画像を細工し高く売ろうとする話に似ている。

タイトルになっている「てんげんつう」では、若だんなが妖ネットワークを駆使した活躍を見せる。てんげんつうなる千里眼の能力を持った男が店にやって来て、未来を見通し心を見透かす目を得たばかりに、嫌われ疎《うと》まれるようになった、だからどうにかして欲しいと若だんなに頼んだ。厄介はごめんと断ろうとしたところ、折れた松の枝に打たれる災難に見舞われた若だんなは、寝込んでいた部屋から場久の助けで悪夢をたどって問題の在処《ありか》を探り出し、戸塚の猫又《ねこまた》や藤沢の河童《かっぱ》を呼び寄せ後始末をさせる。こんな妖たちの便利さを自分たちも利用できるよう、近い将来ＡＩ（人工知能）やロボットが妖たちのような働きをしてくれるようにならないかと、てんげんつうに尋ねてみたくなる。

最後の「くりかえし」では、そんな若だんなの達人テレワーカーぶりが発揮される。ここでも若だんなは場久の力を借り、他人が見ている悪夢の中を渡り歩いて事件解決のきっかけをつかむ。深川あたりに植えられた桜が、先に花が開き後から葉が出る新種だと評判になった。翌年も咲くはずだからと於りんの家では、花見の予定を組んで若だんなを誘ったが、若だんなが出向くと一本も咲いておらず、びっしり毛虫にたかられていた。

おまけに近づいて来た男から、「常世神様《とこよのかみ》に何をするのか」と怒鳴られ毛虫を頭からぶちまけられた若だんな。全身がかぶれてしばらく寝込むことになったが、その間に下手人の働き口らしい駒込《こまごめ》の染井にある植木屋で働く小僧らの悪夢に入り込んで、何が原因だったのかを探り出す。二十一世紀のテクノロジーに置き換えるなら、部屋に引きこもりながらも仁吉や佐助といったエージェントを駆使し、妖経由でハッキングを仕掛けて真相を暴《あば》いてのけたと言えそう。居ながらにして事件を解決するテレワーク探偵だ。

妖なんてズルいと言われそうだが、技術の中身を知らない人にとって、インターネットもＶＲも妖術か神業の類《たぐい》と変わらない。そうした技術があって、どうやってうまく扱うかが重要なら、若だんなはそれがとても巧みだということ。現代社会に転生しても、きっとうまく使って大川端あたりのタワーマンションの一室から、テレワークによって仕事をこなし、於りんとのデートも好きなお菓子の調達も、オンライン会議やフードデリバリーを活用してクリアしていくはずだ。

それにしても、一作目の『しゃばけ』が第十三回日本ファンタジーノベル大賞で優秀賞となって世に出てから二十年。市井《しせい》に暮らす人間が、妖や神様たちが起こす騒動、持ち込んでくる相談事に応対し、解決して回るような作品が本当に増えてきた。マンガを読む人なら、アニメにもなった緑川ゆきの『夏目友人帳』シリーズが頭に浮かぶだろう。祖母から妖たちの名が記された友人帳を受け継いだことで、高校生の夏目貴志が、近隣の妖たちと交流をしつつ持ち込まれる難題、起こる大事に挑む姿は、若だんなの現代版とも見て取れる。

　バイト暮らしをしている青年が、神様の御用聞きに任命されて、大国主命《おおくにぬしのみこと》や須佐之《すさの》男命《おのみこと》といった神様たちに振り回されながら、難題に挑む浅葉なつの小説『神様の御用人』シリーズにも近いものが感じられる。ほかにも、美少女の妖狐《ようこ》と同居する柴村仁『我が家のお稲荷《いなり》さま。』のようなライトノベルもあって、若い人には一般的なジャンルになっている妖怪や神仏との不思議な日常、そして事件解決というミステリ的な要素を持ったストーリーを、『しゃばけ』は二十年も前に江戸時代を舞台に、ユーモラスな描写もたっぷり入れて世に送り出した。それはと気になった人は、この『てんげんつう』からでも良いから手に取ってみれば、似通ったところが感じられて、遡《さかのぼ》って読んでみたいと思えてくるだろう。

　シリーズはまだ続く。まさに世界が大疫病《えきびょう》への恐怖に包まれていた二〇二〇年に発表された、第十九弾『いちねんかん』に収録の「おにきたる」では、西から疫病神《えやみのかみ》と疫鬼《えきき》たちが江戸にやって来て、江戸に住む人たちを脅《おびや》かす。さらに「帰宅」では、一年間の湯治《とうじ》に行った両親から、若だんなが留守を預かった長崎屋に悪党たちの魔の手が伸びる。大騒動の連続に若だんなが見せる姿には、病弱なテレワーカーを脱して大店の当主にぐっと近づくかっこよさがある。本書が気に入ったなら是非に手に取って、今に通じる大事を突破していく若だんなと仲間の妖たちの活躍に触れて欲しい。『てんげんつう』と同様に現代を生き抜く示唆《しさ》を受け取れるはずだから。

（二〇二一年四月、書評家）

この作品は二〇一九年七月新潮社より刊行された。

てんげんつう

新潮文庫　は－37－19

令和三年七月一日発行

著者　畠《はたけ》中《なか》恵《めぐみ》

発行者　佐藤隆信

発行所　株式会社新潮社

郵便番号　一六二―八七一一
東京都新宿区矢来町七一
電話　編集部(〇三)三二六六―五四四〇
読者係(〇三)三二六六―五一一一
https://www.shinchosha.co.jp

価格はカバーに表示してあります。

乱丁・落丁本は、ご面倒ですが小社読者係宛ご送付ください。送料小社負担にてお取替えいたします。

印刷・大日本印刷株式会社　製本・株式会社植木製本所

ISBN978-4-10-146139-7　C0193